FLINT und fertig

Torsten Wohlleben
& Jutta Wetzel

FLINT und fertig

Ein Comic-Roman

CARLSEN

AUSGERECHNET LEA!

Gestern ist es passiert. Lea hat mich gesehen. Als Pirat verkleidet!

Ich stand vor dem Waldstück an der Theodor-Heuss-Straße. Auf dem Gesicht hatte ich eine Augenklappe und in meiner Hand hielt ich einen Säbel. Andi und der kleine Nachbarsjunge hatten sich gerade im Wald versteckt.

Und dann kam Lea vorbeigeradelt. Mit zwei Freundinnen. Bevor ich hinter den nächsten Busch springen konnte, sahen sie zu mir herüber.

Ich wollte bei dieser Piratensache eigentlich gar nicht mehr mitmachen. Wenigstens nicht öffentlich. Aber Andi meinte, dass der kleine Benni sonst niemanden hat, der mit ihm spielt. Also gab ich nach, aber ich wollte es nur bei Andi im Garten machen. Dieser Benni hatte da allerdings was anderes im Sinn.

Okay. Er hat ja Recht. Im Wald gibt es die allerbesten Verstecke und den Hochsitz und den alten Schuppen vom Steinmetz Müller. Also sind wir doch hingegangen.

Und nun stehe ich schön blöd da. Lea denkt jetzt wahrscheinlich, ich würde jeden Tag als Pirat verkleidet durch den Wald laufen. Oje. So jemand ist in Leas Augen bestimmt noch nicht reif für eine Beziehung.

Den Schreck musste ich erst mal verdauen. Erst später fiel mir ein, wie ich die Situation hätte retten können.

So gute Ideen habe ich leider immer viel zu spät. Die Mädchen waren schon lange weitergeradelt.

CAPTAIN FLINT

Bestimmt fragt ihr euch, warum ich eigentlich Flint heiße. Nein? Na gut, aber ich kann es ja trotzdem mal erzählen. Es ist nämlich wegen Andi.

Wir sind schon seit dem Kindergarten Freunde. Früher haben wir oft Piraten gespielt.

Falls ihr euch fragt, wer Captain Flint ist – das ist der Typ aus „Die Schatzinsel", der den ganzen Tag nichts anderes tut, als einen großen Goldschatz zu bewachen.

Falls ihr euch fragt, was Die Schatzinsel ist – das ist ein Buch, das die Leute früher viel gelesen haben. Und falls ihr euch fragt, was Lesen ist – ach, das wisst ihr ja.

Einen Schatz bewachen, das ist eigentlich nicht der schlechteste Job, finde ich.

Aber jedenfalls ist es so, dass Andi früher gelispelt hat. Und damit ihn deswegen keiner aufzog, hat er aufgehört Worte zu sagen, die ein S enthalten.

Und meinen Namen hat Andi natürlich oft gesagt. Musste er ja. Alles andere funktionierte nicht so gut.

Das Blöde für Andi war nämlich, dass ich mit richtigem Namen SVEND heiße. Ihr könnt euch bestimmt vorstellen, dass Andi damit Probleme hatte.

Sssvend

Zuerst hat Andi überlegt, mit niemandem mehr zu sprechen, dessen Name ein S enthält. Aber das wäre das Ende unserer Freundschaft gewesen. Also fing er schon damals an, mich Flint zu nennen. Auch, wenn ich keine Augenklappe und keinen Säbel bei mir hatte.

Tja, so war das.

Andis Eltern heißen übrigens Sören und Sandra. Er hat es wirklich nicht leicht gehabt. Heute lispelt er fast gar nicht mehr. Ich glaube, jemand hat ihn repariert.

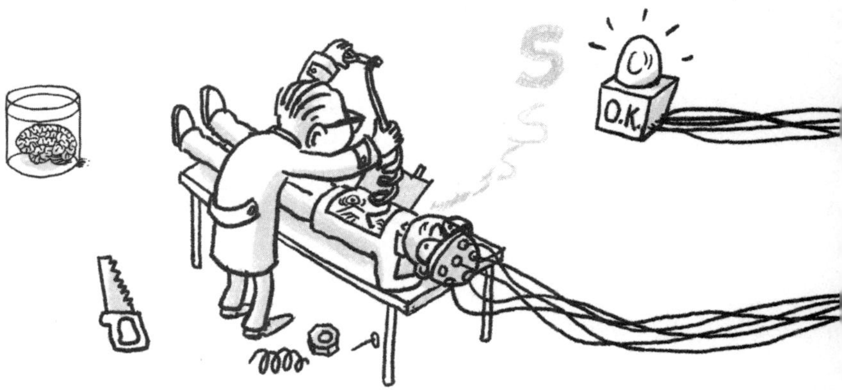

Als Andi und ich vor zwei Jahren in die Fünfte gekommen sind, haben wir Piraten nur noch auf der Playstation gespielt. Aber Andi nannte mich weiter Flint. Und alle anderen nennen mich jetzt auch so.

Na gut, man sieht es schon: Es gibt nicht sehr viele andere. Eigentlich nur Laura. Die kenne ich auch schon lange, genau genommen vom Sandkuchenbacken im Kindergarten. Und wenn Laura nicht wäre … nun ja!

Lauras Haare sind pechschwarz und sie ist super im Tischtennis. Aber seit einiger Zeit humpelt sie etwas, weil sie eine Knieoperation hatte und nun eine Beinstütze tragen muss. Manchmal gehen wir nach der Schule zusammen nach Hause. Das dauert dann halt immer etwas länger als mit Andi.

Aber dafür ist es auch interessanter, weil Laura immer total spannende Sachen erzählt. Ich weiß nur nicht, ob die wirklich immer wahr sind.

... ZURÜCK ZU LEA

O Mann! Ich muss noch mal auf Lea zu sprechen kommen. Die hält mich jetzt wahrscheinlich für einen verkappten Piraten und das ist gar nicht gut.

Lea ist nämlich die neue beste Freundin meiner Schwester Neele. Als Lea zum ersten Mal bei uns zu Hause war, wusste ich gleich: Das ist die Richtige für mich!

Sie sieht nämlich exakt aus wie diese Schauspielerin aus der Serie, deren Name mir nie einfällt.
Sie hat jedenfalls das Zeug zum Star.

Das Blöde ist, dass meine Schwester mich nicht in ihr Zimmer lässt, wenn Lea bei uns ist.

Was so was angeht, da macht Neele ganz schöne Unterschiede. Man könnte auch sagen, mit Gleichberechtigung und Menschenrechten nimmt sie es nicht gerade ernst. Genau genommen diskriminiert sie mich. Und das gleich dreifach:

Erstens, weil ich jünger bin als sie. Zweitens, weil ich ein Junge bin. Und drittens, weil ich ein Bruder bin. Und dass ich ausgerechnet IHR Bruder bin, macht es natürlich nicht leichter.

Eine schlimme Ungerechtigkeit.

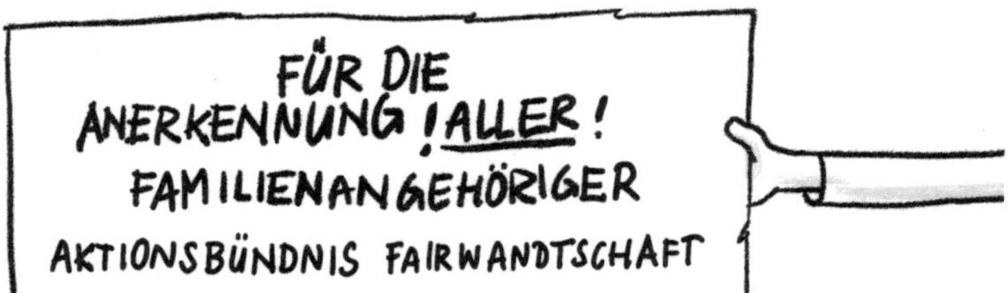

Neele ist zwei Jahre älter als ich und eigentlich ist sie ganz nett. Aber sobald ihre Freundinnen da sind, verbannt sie mich aus ihrem Zimmer.

Außerdem scheint sie ein inneres Radar zu haben, das ihr anzeigt, wenn ich in der Nähe bin.

Als Lea zum ersten Mal bei uns war, habe ich also nicht viel von ihr gesehen. Es reichte gerade, um zu wissen, dass sie das schönste Wesen war, das jemals unser Haus betreten hat. Ich könnte mir vorstellen, später mal mit ihr mein Leben zu verbringen.

ALTE TAPETEN

Gestern hat mein Vater gesagt, dass wir in den Ferien vielleicht mein Zimmer neu tapezieren. Da war ich echt froh, denn in seinem jetzigen Zustand kann es eigentlich niemand mehr betreten, ohne dass es peinlich wird.

Zuerst wollte ich eine „Dickes Brötchen"-Tapete. „Dickes Brötchen" ist die einzige Band, von der ich eine CD habe. Neele hat sie mir geschenkt, weil sie die nicht mehr gehört hat.

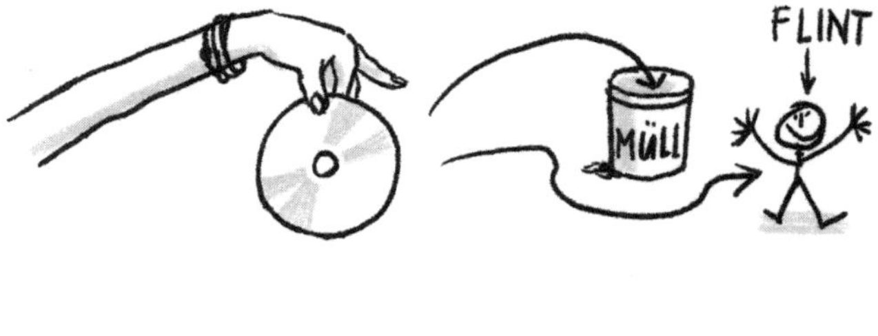

Wie gesagt, eine Tapete von denen wäre nicht schlecht. Aber mein Vater meinte, dann könnte er das Zimmer in einem Jahr schon wieder neu machen, weil ich dann bestimmt eine andere Lieblingsband habe. Also bekomme ich eine weiße Tapete und muss mit einem Poster zufrieden sein.

Wenn mein Vater nicht so viel im Büro wäre, hätte er auch Zeit, mein Zimmer jedes Jahr neu zu tapezieren.

Ich habe ihn mal gefragt, was er eigentlich den ganzen Tag bei der Arbeit macht. Da hat er gesagt: hauptsächlich vor dem Bildschirm sitzen, Kaffee trinken und telefonieren.

Das ist kein schlechter Job. Wahrscheinlich werde ich das später auch mal machen: wie der Vater, so der Sohn. Nur dass ich mit Sicherheit Cola trinken werde und keinen Kaffee.

Meine Mutter arbeitet zu Hause. Sie macht jeden Tag dasselbe. Essen kochen, Wäsche waschen, Wäsche bügeln, Staub saugen. Neulich hat sie gesagt, dass sie dazu keine Lust mehr hat.

Da habe ich geantwortet, es würde ihr eine Menge Arbeit ersparen, wenn sie nur einmal im Monat Staub saugen würde. Sie meinte, sie hätte da eine bessere Idee.

Ich erklärte ihr, dass ich mit dem Staubsauger gar nicht umgehen kann, aber das glaubte sie mir nicht. O Mann. Ich schätze, an diesem Tag war meine Kindheit endgültig vorbei. Es wird höchste Zeit, dass ich Lea heirate.

GANZ NEUE SEITEN

Heute habe ich Andi gefragt, ob er schon mal gestaubsaugt hat. Seine Antwort war schockierend.

Verrückt! Und ich dachte immer, dass Andi der faulste Mensch auf diesem Planeten ist und gar nichts selbst macht.

Jedenfalls wollte Andi mit mir dann gleich erst mal über Staubsaugermarken sprechen und was man nicht alles mit solchen Dingern verschwinden lassen kann.

Aber als wir in der Schule ankamen und Andi immer noch über Staubsauger redete, war mir das etwas peinlich und ich habe geschickt ein anderes Thema eingeleitet.

Dummerweise hat ein Junge aus meiner Parallelklasse das mitbekommen. Er heißt Max und hat schon den blauen Gurt im Judo. Er wusste sehr genau, dass ich kilometerweit vom Schwarzgurt entfernt bin.

Um ehrlich zu sein: Meine Mutter hat mir noch keinen eigenen Anzug gekauft, weil sie Angst hat, dass ich dann mit Judo aufhöre.

Als sie mir vor zwei Jahren einen teuren Tischtennisschläger gekauft hat, habe ich nämlich mit Tischtennis aufgehört. Und als sie mir mal ein Fußballtrikot für die F-Jugend gekauft hat, habe ich mit Fußball aufgehört.

Aber ich bin eben ein vielseitig interessierter Mensch und das sollte doch eigentlich gefördert werden, oder?

Jedenfalls habe ich es im Judo bisher noch nicht sehr weit gebracht. Meine Mutter sagt, ich kriege meinen Anzug erst, wenn ich mindestens ein Jahr dabei bin. Mein Vater sagt, ich kriege ihn, wenn ich den gelben Gürtel gemacht habe. Bis dahin muss ich so einen ekligen Leihanzug tragen, den schon Tausende andere Leute anhatten.

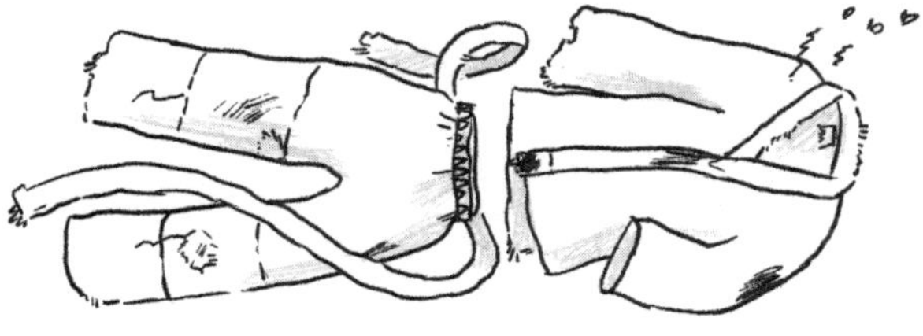

Na ja, wenn das mit dem gelben Gürtel nichts wird, kann ich ja immer noch was anderes lernen.

Apropos was anderes: Ab nächster Woche haben wir Sommerferien. Letztes Jahr waren meine Eltern mit uns drei Wochen am Gardasee. Da konnte man prima surfen lernen. Und wir hatten einen eigenen Bungalow. Purer Luxus.

Auf die Ferien freue ich mich schon sehr. Wenn es nach mir ginge, könnten wir dieses Jahr gerne wieder an den Gardasee fahren. Neele fände das wohl nicht so toll, weil sie diese drei Wochen lieber mit ihren Freundinnen im Einkaufszentrum verbringen würde.

Aber am besten wäre es natürlich, wir würden wieder zum Gardasee fahren und Lea würde mitreisen. Dann stünde unserer gemeinsamen Zukunft bald nichts mehr im Weg. Aber es geht ja nicht nach mir.

IN DER RESTEGRUPPE

In der letzten Woche vor den Ferien ist es eigentlich nicht nötig, zur Schule zu gehen. Bei den meisten Lehrern passiert nicht mehr viel, weil die Zeugnisse ja schon fertig sind.

Ich frage mich, warum man die letzte Woche vor den Ferien nicht einfach ausfallen lässt.

Neulich habe ich da mit Neele drüber gesprochen. Sie sagte, wenn die letzte Woche vor den Ferien schon Ferien wären, würde doch die Woche davor wieder nichts passieren. Und wenn es immer so weitergehen würde, müsste man irgendwann gar nicht mehr zur Schule gehen.

Ich fand, das war eigentlich ein gutes Argument dafür, ~~die Woche vor den Ferien~~ zu streichen.

Am vorletzten Schultag hat sich unser Lehrer mal was anderes ausgedacht, als einen Film zu gucken. Weil das Wetter so gut war, sollten wir alle rausgehen und uns dort in drei Gruppen finden und selbst entscheiden, was wir ZUSAMMEN machen wollten.

Die Gruppe mit den Fußballern war sehr schnell voll, darum wollten Andi und ich in die Gruppe mit den Mädchen. Uns war egal, was die so veranstalteten, solange wir dabei sein konnten.

Aber die Gruppe war auch sofort voll und zuerst waren wir enttäuscht. Aber als wir sahen, was die machten, waren wir dann doch erleichtert.

Also mussten Andi und ich mit Justin und Heini in die Restegruppe. Mit Justin und Heini will eigentlich keiner was machen, weil die irgendwie komisch sind.

Justin sagt nie etwas und popelt dafür dauernd in der Nase. Und Heini ist so ein unheimlicher Riese, der eigentlich Heinrich heißt. Meistens hat er schwarze Klamotten an und erzählt seltsame Sachen, die keiner hören will.

Nun mussten wir die Stunde aber irgendwie überstehen. Es dauerte ziemlich lange, bis wir uns darauf einigten, Tischtennis zu spielen.

Andi und ich wollten das unbedingt machen, weil wir wussten, dass Heini und Justin da total schlecht drin sind. Aber als wir endlich anfangen konnten, war die Stunde schon vorbei.

Tja. Ich habe ja gesagt, dass man die letzte Woche vor den Ferien besser streichen sollte.

DER LETZTE SCHULTAG

Heute war der letzte Schultag und eigentlich ist nichts Besonderes gewesen. Außer vielleicht, dass es eine Klopperei gab.

Ja, richtig! Der schweigsame Justin hat sich mit Daniel Müller aus der Parallelklasse angelegt. Daniel ist in der Fünften sitzengeblieben und darum schon ein Jahr älter und wahrscheinlich etwas stärker. Er skatet und so.

Ich wäre deshalb etwas vorsichtiger gewesen, aber Justin denkt irgendwie nicht nach. Da hat er ausnahmsweise mal etwas von sich gegeben und das ging dann so:

Das Blöde für Justin war, dass Daniels Freundin Zoe dabei war und Daniel ein Furzgeräusch schon allein deshalb nicht auf sich sitzenlassen konnte.

Justin hatte Glück, dass Daniel ihn nur in den Schwitzkasten genommen hat. Und zwar so lange, bis Heini kam und die beiden voneinander getrennt hat.

Andi und ich haben überlegt, wer wohl stärker ist, Daniel oder Heini. Oder Max mit dem Blaugurt in Judo? Schwer zu sagen.

Klar ist aber, wer eindeutig am beliebtesten ist. Daniel Müller. Ich glaube, der könnte an der Schule jedes Mädchen zur Freundin haben. Er ist nämlich ein ziemlich guter Skater.

Tja! Was war noch? Ach ja, wir haben unsere Zeugnisse bekommen. Wie konnte ich das vergessen? Am Anfang des Schuljahres habe ich mit meinen Eltern einen Vertrag geschlossen.

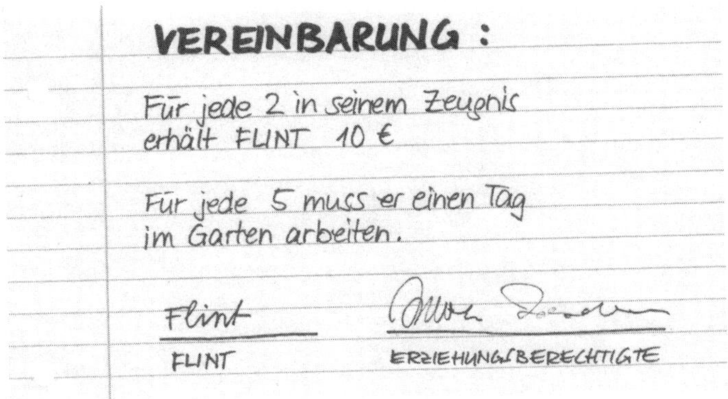

VEREINBARUNG :

Für jede 2 in seinem Zeugnis
erhält FLINT 10 €

Für jede 5 muss er einen Tag
im Garten arbeiten.

Flint

FLINT

ERZIEHUNGSBERECHTIGTE

Als ich mein Zeugnis bekommen habe, sah ich schwarz auf weiß, was ich schon vorher wusste: Ich habe genau eine 2 und genau eine 5 bekommen.

Da habe ich gleich überlegt, ob ich mit den 10 Euro (für Deutsch) jemanden mieten kann, der bei uns einen Tag im Garten arbeitet (wegen Mathe).

Auf dem Nachhauseweg bin ich deswegen gleich mit Laura in den Baumarkt gegangen.

Das war eine Enttäuschung, denn es bedeutete wohl, dass ich den Gartentag selbst ableisten musste. Gleichzeitig war ich froh, dass ich die 10 Euro noch hatte.

Nach dem Mittagessen zeigte ich meiner Mutter das Zeugnis. Da begann wieder diese Diskussion, die wir ziemlich oft miteinander haben. Diesmal ging es um den Gartentag.

Meistens kommt diese Diskussion beim Thema Hausaufgaben auf.

Zum Glück kam Andi heute gleich nach dem Mittagessen rüber und hatte mir etwas Wichtiges mitzuteilen. Und so endete die Diskussion mit meiner Mutter und ich konnte mich erst mal vor dem anstrengenden Gartentag drücken.

Mal ehrlich, wofür soll Mathe überhaupt gut sein? Eine Frage, auf die mein Vater immer nur die gleiche unbefriedigende Antwort hat.

Aber irgendwie habe ich meinen Vater noch nie ausrechnen sehen, was 0,4 Liter von SEINER geliebten Apfelschorle kosten, wenn 3 Liter Apfelsaft 2,70 Euro und 1,5 Liter Mineralwasser 55 Cent kosten!

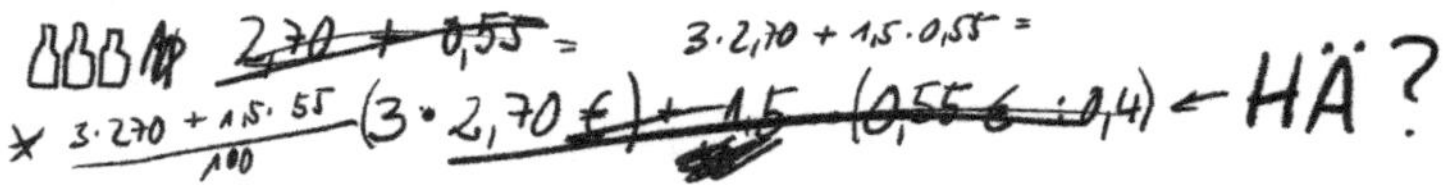

Nun ja. Andi hatte mir jedenfalls wichtige Pläne für die Sommerferien mitzuteilen.

Früher haben wir uns für Geheimabsprachen immer unter einen Tisch mit einer möglichst langen Tischdecke gesetzt. Mittlerweile sind wir da viel cooler drauf.

EIN SUPER PLAN FÜR DEN SOMMER

Endlich Ferien. Andis Plan für die Sommerferien war, dass wir uns im Wald ein Quartier im alten Hochsitz einrichten.

Die Idee war nicht übel. Vom Hochsitz aus könnten wir den ganzen Wald auskundschaften und, wenn es spät würde, sogar dort übernachten! Wobei das wahrscheinlich an unseren Eltern scheitern dürfte.

Jedenfalls müssen wir dort ja nicht die Piratennummer durchziehen. Da gibt es mit Sicherheit coolere Dinge, die mir nicht so peinlich sein müssen, falls Lea mal wieder vorbeiradelt.

Wir packten zwei Schokoriegel, ein Glas Bockwürste und zwei große Flaschen Cola in den Rucksack und machten uns auf den Weg. Die Pinzetten und das Pulver für Fingerabdrücke am Tatort können wir ja später noch besorgen. Im Wald gibt es bestimmt eine Menge ungeklärter Verbrechen.

Als wir an unserem neuen Basislager ankamen, mussten wir leider feststellen, dass die Treppe zum Hochsitz kaputt war. Es fehlten gleich mehrere Stufen. Also beschlossen wir, die Stufen selbst wieder dranzunageln. Aber dafür fehlte uns das Werkzeug.

Wir legten erst mal eine Konferenz ein, um uns zu beraten.

Als wir schon aufgeben und unsere Sommerpläne hinschmeißen wollten, fiel uns der alte Schuppen am Waldrand ein. Andi meinte, der hat früher dem Steinmetz Müller gehört und da gibt es mit Sicherheit noch altes Werkzeug.

Wir sind gleich hingelaufen. Und es sah wirklich so aus, als würde der Schuppen heute keinem mehr gehören, denn er war von allen Seiten mit wilden Pflanzen bewachsen.

An der Tür hing zwar noch ein Schild, aber das konnte man schon gar nicht mehr richtig sehen.

Andi hat gesagt, im Schuppen gibt es bestimmt nicht nur Werkzeug, sondern auch Holzbretter, mit denen wir den Hochsitz reparieren können.

Also stiegen wir ein und irgendwie war das ziemlich aufregend.

Aber ich hatte auch ein komisches Gefühl dabei. Um reinzukommen, mussten wir nämlich eine Scheibe kaputt machen und dabei hatte ich die ganze Zeit über ein bestimmtes Bild im Kopf.

DER SCHUPPEN

Im Schuppen war es aber wirklich super. Es gab nämlich nicht nur Hammer und Nägel. Alles war voll mit Werkzeug. Und viele Sachen sahen sogar noch ziemlich gut aus.

Andi und ich setzten uns erst mal auf einen Bock, um uns zu beratschlagen, was wir brauchten.

Andi schlug vor, die zwei Flaschen Cola komplett auszutrinken, damit wir im Rucksack mehr Platz für unser neues Werkzeug hatten. Das klang sehr vernünftig.

Als wir den Schuppen verlassen wollten, war der Rucksack viel zu schwer, also packten wir die Bohrmaschine und die Stichsäge wieder aus.

Eigentlich wollten wir jetzt direkt zum Hochsitz zurück, um die Leiter zu reparieren, aber draußen vor dem Schuppen erwartete uns eine Überraschung.

Wie sich später herausstellte, haben wir viel zu laut gerülpst. Ein Anwohner der Theodor-Heuss-Straße hat es gehört und die Polizei gerufen, weil er dachte, es wären Hirsche im Schuppen. Tja. Und nun haben wir mächtig Ärger.

SOGAR ÜBERMÄCHTIG ÄRGER

Meine Eltern haben einen Riesenterz gemacht. Den Polizisten und dem Steinmetz Müller haben sie erzählt, Andi und ich hätten nicht gewusst, dass es ein privater Schuppen ist.

Daraufhin wollte man uns keinen Einbruch mehr vorwerfen. Einer der Polizisten bezeichnete es als groben Unfug und der Steinmetz Müller stimmte zu.

Aber selber geglaubt haben meine Eltern das nicht wirklich. Darum habe ich jetzt erst mal mindestens zwei Tage Hausarrest.

Ich habe meinen Vater gefragt, ob ich morgen wenigstens meinen Tag Gartenarbeit machen könnte. Die Idee kam nicht so gut an.

Tja. Und jetzt sitze ich hier in meinem Zimmer und kann nicht mal Hausaufgaben machen, weil ja Ferien sind und es keine Hausaufgaben gibt. Ich halte das alles für groben Unfug!

UNTER ARREST

Hausarrest bei schönstem Sommerwetter ist echt eine blöde Situation. Man sitzt rum und spielt irgendwas und zwischendurch schaut man immer aus dem Fenster und fragt sich, was die anderen wohl gerade machen. Echt deprimierend. Darum habe ich gleich heute Vormittag einen zweiten Versuch gestartet, das Unangenehme mit dem Nützlichen zu verbinden.

Leider fanden meine Eltern die Idee heute immer noch nicht so toll. Versteh ich gar nicht. Sonst finden sie es immer super, wenn einer zwei Fliegen mit einer Klappe schlägt.

In meiner Not habe ich mich vor den Fernseher gesetzt, um mir zum zwanzigsten Mal „Transformers" anzusehen. Aber als meine Mutter sah, wie viel Spaß es mir machte, reagierte sie sofort.

Ich erklärte meiner Mutter, dass es ungerecht ist, weil ich doch Hausarrest habe und kein Fernsehverbot. Da hat meine Mutter gesagt, Hausarrest und Fernsehverbot gibt es jetzt auch im Doppelpack.

Sie fand ihren Spruch wohl lustig, denn sie grinste bis über beide

Ohren. Ich hingegen schmollte erst mal und überlegte, was ich jetzt machen sollte.

Am Ende blieb mir nur, einen Comic zu lesen. Als meine Mutter das sah, schien sie ganz zufrieden.

TAG 2

Heute, an meinem zweiten Tag Hausarrest, durfte ich immerhin wieder fernsehen. Weil ich keine Lust auf das Programm und auf „Transformers" hatte, rief ich Andi an. Ich fragte ihn, ob er mir „Fluch der Karibik 2" rüberbringen könnte. Den habe ich bisher nur einmal gesehen.

Aber Andi hat leider auch Hausarrest. Und wenn er mir ein Paket geschickt hätte, wäre es bestimmt nicht mehr rechtzeitig angekommen.

Das mit dem Paket würde ja sowieso nicht funktionieren, weil

Andi ja nicht rausdarf, um es zur Post zu bringen. Darum sah ich mir zum zehnten Mal den ersten Teil von „Fluch der Karibik" an.

Wie ich so dasaß und Jack Sparrow seinen Text verkündete, ging plötzlich unsere Haustür. Ich hörte die Stimme meiner Schwester Neele. Und dann passierte etwas wirklich Blödes:

Oh Mist! Wie sollte ich denn das jetzt wieder erklären? Lea muss echt denken, der komische Bruder von Neele hat nur Piraten im Kopf.

Zu meiner Überraschung setzte sie sich aber zu mir und sagte, „Fluch der Karibik" wäre ein lustiger Film. Und dann fragte sie Neele sogar, ob sie ihn nicht mit anschauen sollten, aber Neele war nicht so begeistert.

Lea kicherte und nickte und die beiden verschwanden in Neeles Zimmer.

Ich machte den Film aus und lief nach oben, um heimlich an Neeles Tür zu lauschen. „Wir wollten doch … du weißt schon" klang viel zu geheimnisvoll, um der Sache nicht auf den Grund zu gehen. Aber wie gesagt – Neele hat diese Antennen:

Ich ging runter, um meine Mutter zu fragen, ob morgen der Hausarrest vorbei ist, aber sie hatte es noch nicht entschieden.

Und als ich gerade anfangen wollte zu schmollen, kam mein Vater rein und verkündete eine extrem schlechte Nachricht. Es ist der reinste Gruselfilm:

Andi und ich sollen zu Steinmetz Müller gehen und uns entschuldigen. Puh! Den Schreck muss ich erst mal verdauen.

WAS 'N GRUSEL!

Steinmetz – das ist ja schon so ein unheimliches Wort. Es klingt wie „supererbarmungsloser Metzger" oder so. Ich muss da gleich an einen Horrorfilm denken, den ich mal mit Neele gesehen habe, als unsere Eltern nicht zu Hause waren.

Es ist schon eine Weile her. Normalerweise hat früher unser Opa auf uns aufgepasst, wenn meine Eltern nicht da waren, aber an dem Abend hatte Opa keine Zeit und darum haben sie uns ausnahmeweise mal allein gelassen.

Mit Chips und Schokolade und Eistee habe ich mich vor den Fernseher gesetzt. Ich hatte den festen Willen, mindestens bis Mitternacht fernzusehen, und dachte, Neele würde sowieso nicht mitmachen. Aber Pustekuchen.

Sie hatte die gleiche Idee. Also setzte sie sich dazu und so sahen wir uns gemeinsam den Film „Des Satans älteste Tochter" an. Darin ging es um ein Mädchen, das nur durch seine Gedanken all seine Klassenkameraden umbringen kann, die gemein zu ihm sind.

Am Anfang saß ich noch ganz cool da und aß meine Chips, doch dann blieben sie mir im Hals stecken.

Später konnte ich nicht einschlafen, weil ich immer an die Satanstochter denken musste und mir vorstellte, wie sie zur Zimmertür reinkam.

Ich ging rüber zu Neele und es war das erste Mal seit langer Zeit, dass sie mir erlaubte in ihrem Zimmer zu schlafen.

Tja, so war das. Aber jetzt habe ich fast genauso viel Angst vor dem Steinmetz wie vor der Satanstochter. Ich könnte mir gut vorstellen, dass bald ein ganz neuer Film kommt.

MANNS GENUG SEIN

Überraschung: Heute mussten wir mit Andis Vater zum Steinmetz Müller.

Meine Eltern sind nicht mitgegangen , weil sie keine Zeit hatten. Da dachte ich schon, ich wäre fein raus.

Aber Pustekuchen! Als Andis Vater gemerkt hat, dass ich mich sicher fühlte, hat er nur noch mit mir geschimpft. Andi war ja sowieso schon ganz still.

Als wir beim Steinmetz ankamen, waren wir dann beide ganz still. Andis Vater drückte auf die Klingel und ich erwartete wirklich Schlimmes.

Vielleicht wollte der Steinmetz ja gar keine Entschuldigung von uns. Vielleicht war das nur ein Vorwand und in Wirklichkeit wollte er uns zu Sklavenarbeit im Steinbruch verdonnern. Als die Tür aufging, zuckte ich schon zusammen. Aber dann:

Andi fing gleich an zu plappern, aber ich hielt mich lieber zurück. Der Junge in der Tür war Daniel Müller, der Sohn vom Steinmetz, und ich erinnerte mich daran, wie lange Justin in seinem Schwitzkasten gesteckt hatte, bevor Heini ihn befreit hat. Ich glaube nämlich nicht, dass Andi mich da so einfach rausholen könnte!

Daniel Müller führte uns in den Gerichtssaal, ähm, ich meine natürlich ins Wohnzimmer seiner Eltern.

Meinen schlimmsten Befürchtungen zum Trotz war der Steinmetz nicht halb so böse, wie er sonst immer aussah. Er wollte wirklich nur, dass wir lernen für unsere Fehler einzustehen und dass wir Manns genug sind, Verantwortung zu übernehmen, und so was alles.

Aber das Beste war: Wir müssen nicht einmal die kaputte Scheibe bezahlen, weil der Steinmetz das Fenster sowieso zunageln will. Zum Schutz gegen Einbrecher und so ein Gesocks.

Da dachten wir gleich wieder, wir wären fein raus. Aber dann hatte Andis Vater eine ziemlich überflüssige Idee: Er meinte, da wir ja so viel Lust aufs Handwerken haben, könnten WIR doch zur

Wiedergutmachung das Fenster vernageln. Und wenn wir schon da wären, könnten wir auch gleich noch den Schuppen von all den wuchernden Pflanzen befreien.

Und so war uns doch noch so was wie die Satanstochter erschienen! Jetzt hatte ich gleich zwei Tage Arbeit auf dem Zettel. Einen Tag im Garten und einen Tag am Schuppen vom Steinmetz. War Andis Vater eigentlich klar, was für eine Kostbarkeit Sommerferientage sind?!

Als wir nach Hause gingen, redete Andi die ganze Zeit. Es ist unglaublich, aber wie es aussah, freute er sich darauf, endlich Verantwortung zu übernehmen.

(KEINE) NACHT DER NÄCHTE

Nach dieser ganzen Aufregung gab es an dem Abend zwei schöne Überraschungen.

Erste Überraschung: Meine Mutter hat Lasagne gemacht. Sie hat gesagt, weil ich mich beim Steinmetz entschuldigt und Verantwortung übernommen habe, habe ich mir auch mein Lieblingsgericht verdient.

Die zweite Überraschung erfuhr ich erst, als ich zum Essen gerufen wurde. Ich hatte mir gerade meine bequemen Schlafsachen angezogen und ging runter in die Küche, da traf mich die Überraschung wie ein Blitz.

Das war schön und doch wieder gar nicht schön! Kann man mir nicht vorher sagen, wenn jemand zum Abendessen bleibt? Vor allem wenn es SO JEMAND ist?!

Ohne ein Wort zu antworten, lief ich zurück auf mein Zimmer. Ich brauchte unbedingt vernünftige Klamotten, um meinen Piratenruf endgültig aus der Welt zu schaffen.

Zum Glück fand ich genau das Richtige!

Okay, vielleicht habe ich ein bisschen zu dick aufgetragen, aber es soll ja kein Zweifel mehr bestehen, dass ich für Lea quasi wie geschaffen bin.

Nach dem Essen verschwanden Lea und Neele aber sofort in Neeles Zimmer und ich musste meiner Mutter helfen die Küche aufzuräumen. Aber das machte mir nichts aus. Ich war froh, dass Lea die ganze Nacht bei uns bleiben würde.

Trotzdem nahm ich noch einmal leichte Veränderungen an meiner Garderobe vor. Ich war fest entschlossen ein möglichst erwachsenes Gespräch mit Lea zu führen, um sie besser kennenzulernen.

Zu einem Gespräch kam es aber leider nicht, denn die beiden haben sich mindestens eine Stunde lang im Badezimmer verschanzt, und als sie endlich rauskamen, wartete schon mein Vater. Sie wollten zu einer Party.

Ich habe ziemlich lange darauf gewartet, dass sie zurückkommen, aber irgendwann gegen zehn bin ich dann eingeschlafen.

Später bin ich wieder aufgewacht. Ich glaube, es muss kurz vor Mitternacht gewesen sein. Mein Vater hatte sie wieder von der Party abgeholt, damit sie auf keinen Fall länger bleiben und sicher nach Hause kommen.

Ich hörte jedenfalls noch, wie unten im Haus alle Gute Nacht sagten und Neele und Lea dann über den Flur schlichen und dabei kicherten. Eine Weile überlegte ich, ob ich noch mal aufs Klo gehen sollte. Auf dem Flur würde ich vielleicht Lea begegnen.

Aber während ich lauschte, ob Lea über den Flur ging, bin ich leider wieder eingeschlafen.

Wenn man als Mann den ganzen Tag Verantwortung übernehmen muss, macht einen das ganz schön fertig.

MIESE TRÄUME

Habt ihr schon mal geträumt, dass ihr fallt? Also, ich träume das in letzter Zeit ziemlich oft.

Letzte Nacht habe ich geträumt, dass ich auf der obersten Stufe einer Leiter stehe und die Leiter so hoch ist, dass man die unterste Stufe am Boden nicht sehen kann.

Plötzlich kippt die Leiter und ich halte mich daran fest, aber ich falle immer weiter. Doch kurz bevor ich unten lande, wache ich zum Glück auf!

Das ist jedes Mal so und eigentlich ist es der blödeste Traum, den man haben kann, oder? Runterfallen ist nämlich gar kein schönes Gefühl!

Neulich habe ich geträumt, dass ich Johnny Depp die Freundin ausspanne. Da hatte ich ziemlich Schiss, dass der sauer wird.

Dann war es ganz komisch, weil Johnny Depp immer noch mit seiner Freundin zusammen war. Ich dagegen war plötzlich mit einer ganz anderen zusammen: nämlich mit Lea. Und als ich Lea bei der Gelegenheit gleich mal umarmen wollte, da war es auf einmal wieder jemand anderes.

Plötzlich hatte ich Vera Block im Arm. Schreck lass nach! Die hat mir in der Fünften mal einen Liebesbrief geschrieben. Das war eine ziemlich unangenehme Sache.

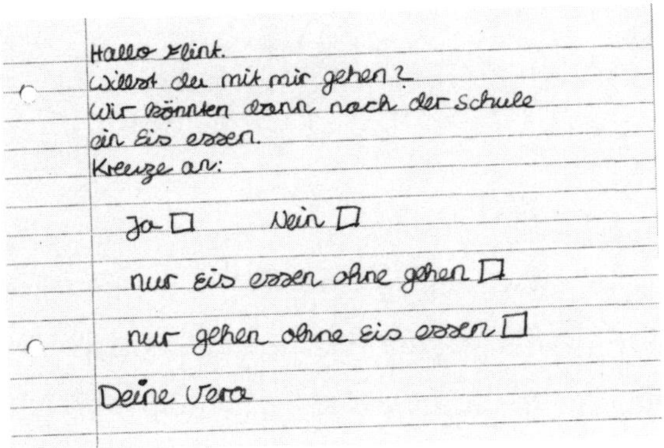
Hallo Flint.
Willst du mit mir gehen?
Wir könnten dann nach der Schule
ein Eis essen.
Kreuze an:

Ja ☐ Nein ☐

nur Eis essen ohne gehen ☐

nur gehen ohne Eis essen ☐

Deine Vera

Ich habe nicht alles abgelehnt, sondern „nur Eis essen ohne gehen" angekreuzt, weil ich gehofft habe, sie würde mich einladen. Doch dann sollte ich SIE einladen, aber ich hatte überhaupt kein Geld und so endete der Nachmittag eigentlich ganz zu meiner Zufriedenheit:

Mit dem Traum war's das in dem Moment zum Glück auch. Vera ist nämlich überhaupt nicht mein Fall. Und wer weiß, in wen sich die Traumfigur noch so verwandelt hätte.

Jedenfalls habe ich heute erst mal meine Mutter gefragt, ob man Träume vielleicht auch steuern kann. Dann würde ich beim nächsten Mal nämlich dafür sorgen, dass ich mit Johnny Depps Freundin zusammen bin, OHNE dass er dabei ist und meckert.

Meine Mutter meinte, man kann beim Einschlafen versuchen fest an was zu denken, aber eine Garantie dafür, dass man es dann träumt, gibt es nicht.

Na ja. Wenn ich genauer drüber nachdenke, ist das auch besser so. Denn woran ich beim Einschlafen manchmal denke, davon will ich bestimmt nicht auch noch träumen!

Neulich habe ich zum Beispiel an den Tod gedacht! Einerseits konnte ich mir gar nicht vorstellen, dass es den überhaupt gibt. Trotzdem habe ich irgendwie so ein mieses Gefühl gekriegt.

Darum habe ich mir vorgestellt, dass der Tod vielleicht auch gar nicht so düster ist. Wahrscheinlich ist er ein netter Typ, der von seinem Chef dazu gezwungen wird, mit diesem schwarzen Umhang und der Sense durch die Gegend zu laufen. Hm, wer weiß? Ich meine, schließlich ist ja noch keiner zurückgekommen, um von ihm zu berichten, oder?

Also habe ich darüber nachgedacht, dass der Tod vielleicht auch gar nicht so auf Schwarz steht und einen ganz anderen Geschmack hat, als wir denken.

Okay. Tod hin oder her, jedenfalls hat es ziemlich lange gedauert, bis ich eingeschlafen bin. Vor allem weil ich überlegt habe, wer wohl der Chef vom Tod sein könnte.

JO! WELCH EIN TAG!

Lieber mieser, fieser Tag, früher oder später musstest du ja kommen! Früher, wie man sieht! Genau genommen schneller, als ich im Traum von einer Leiter fallen kann.

Meine Mutter hat mich heute schon um acht Uhr aus dem Bett geworfen. Ich sollte wieder Verantwortung übernehmen.

Jetzt war es also amtlich. Andi und ich sollten wirklich am Schuppen vom Steinmetz arbeiten. Dabei hatte ich mich schon so auf einen Tag mit Lea im Haus gefreut. Pustekuchen.

Tja. Meine Mutter hatte Angst, ich würde mir bei der Arbeit meine neue Jeans versauen. Aber auf keinen Fall konnte ich mit dieser alten Hose durch die Gegend fahren, die sie „Butscherhose" nennt.

Ich zog also die neue Jeans an, stopfte die alte Hose in eine Tüte und versprach meiner Mutter, mich später am Schuppen umzuziehen.

Nach dem Frühstück bewiesen mir meine Eltern, wie sehr sie mir in dieser Sache vertrauten.

Als wir bei Andi ankamen, brach für mich eine Welt zusammen. Andis Vater stand in der Tür und erzählte, dass Andi sich schlimm den Magen verdorben hat und im Bett liegt. Er schlug vor, das Ganze auf nächste Woche zu verschieben.

Mein Vater hielt das mit nächster Woche aber für keine gute Idee. Irgendwie erinnerte mich das, was er sagte, sehr stark an ein gewisses anderes Mitglied meiner Eltern.

Das Leben ist manchmal echt ungerecht, oder? Ich meine: Schließlich war es Andis Vater, der die tolle Idee hatte, uns zu dieser Zwangsarbeit zu verdonnern. Und Andi war es, der als Erster in den Schuppen vom Steinmetz reinwollte.

Und nun sitzen die beiden gemütlich zu Hause und ich muss es ausbaden. Wer weiß, vielleicht hat Andi sich den Magen ja absichtlich verdorben, damit er nicht arbeiten muss.

Es war sowieso der Tag der bösen Überraschungen, denn als wir am Schuppen ankamen, erwartete mich dort schon die nächste. Der Steinmetz persönlich war da. Und neben ihm stand sein Sohn. Daniel Müller.

Als mein Vater weg war, fingen wir an den Weg zum Schuppen vom Dschungel zu befreien. Dabei behielt ich natürlich meine Jeans an, weil ich mich hier unter keinen Umständen vor Daniel Müller umziehen konnte. Außerdem wollte ich nicht riskieren, dass jemand von der Existenz der Butscherhose erfährt.

Wir schnitten die Pflanzen ab und sägten viele Äste weg, während der Steinmetz das kaputte Fenster vernagelte. Dabei versuchte ich ein Gespräch mit Daniel anzufangen. Er kann skaten, er hat eine Freundin, er ist cool. Die Chance kommt bestimmt so schnell nicht wieder.

Obwohl ich ziemlich nervös war, redete ich drauflos. Vielleicht auch, WEIL ich so nervös war. Leider funktionierten meine Annäherungsversuche aber irgendwie nicht so gut.

Drei Stunden später war der Weg zum Schuppen wieder frei und das Fenster fest vernagelt. Und ich war völlig fertig.

Am anstrengendsten aber war es, Daniel den ganzen Vormittag Fragen zu stellen und keine Antwort zu bekommen. Vielleicht war es ihm ja unangenehm, dass ich ihn so unter dem Kommando seines Vaters gesehen habe.

Dabei habe ich schon gehofft, Daniel und ich könnten vielleicht Freunde werden. Schließlich heißt es doch: „Not schweißt zusammen!"

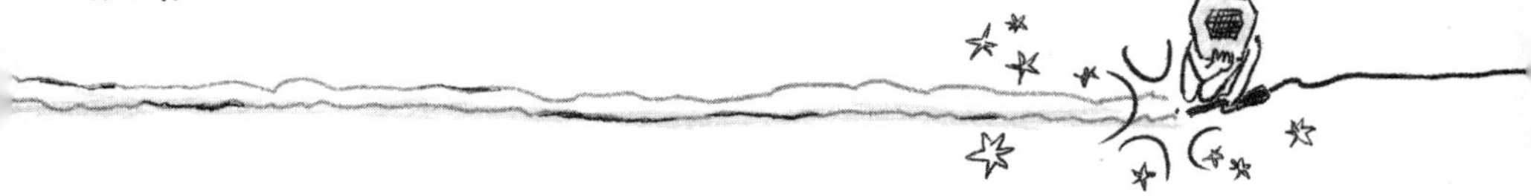

Aber das schien auf uns nicht wirklich zuzutreffen. Also versuchte ich es auf der Rückfahrt mit einer cooleren Masche. Ich wusste ja, dass Daniel gerne Hip-Hop hört. Vielleicht ist ja alles nur eine Frage des richtigen Slangs.

Als die Müllers mich zu Hause absetzten, sagte der Steinmetz noch, es wäre schön, dass ich Verantwortung übernommen hatte. Und dann sagte er zu Daniel, er sollte sich bei mir für die Hilfe bedanken.

Ähm, ja … so was Ähnliches machte er dann auch.

IMMER NOCH ALTE TAPETEN

Ähm, okay ... Also, vielleicht haben meine Eltern tatsächlich mal Recht. Und zwar damit, dass man einige Dinge nicht so lang aufschieben sollte.

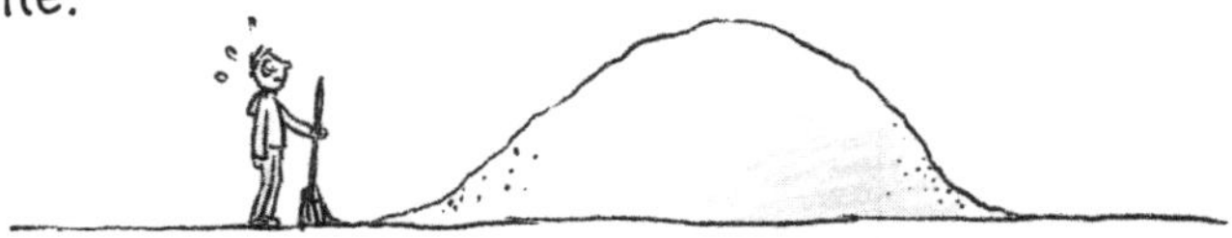

Ich bin nämlich echt froh, dass die Sache mit dem Steinmetz erledigt ist. Die Sache mit Daniel ist allerdings auch erledigt.

Was schade ist, denn irgendwie hätte ich Lust, mit ihm rumzuhängen. Nicht nur, weil er skatet und eine Freundin hat, sondern auch, weil er ziemlich gut im Fußball ist. Was man von mir nicht gerade behaupten kann.

Vor allem auch danach zu urteilen, wann ich in eine Mannschaft gewählt werde.

Beim Fußball ist das sowieso eine gemeine Sache. Am besten spielt man nur mit Leuten, die jünger sind als man selbst, denn so wird man immer als Erstes gewählt, allein schon weil man größer ist.

Ich stelle mir vor, wie es gewesen wäre, ab jetzt mit Daniel rumzuhängen. Vielleicht hätte seine Beliebtheit beim Fußball auch auf mich abgefärbt.

Aber daraus wird wohl nichts. Ich habe das unüberfühlbare Gefühl, dass es so nicht weitergehen kann. So allgemein im Leben! Vielleicht ist es an der Zeit, ein paar Dinge zu ändern.

Ich habe am Nachmittag schon damit begonnen, indem ich mein Bett in eine andere Ecke geschoben habe. Aber das brachte irgendwie nichts. Also hing ich neue Poster von „Dickes Brötchen" auf, die Neele mir aus ihrer Sammlung überließ. Aber schließlich merkte ich, dass das Problem ganz woanders lag.

Zu meiner Verteidigung muss ich sagen, dass ich mir die Tapete nicht ausgesucht habe. Das waren meine Eltern. Und das zu einer Zeit, als ich mich noch nicht wehren konnte.

Mir fiel ein, dass mein Vater in den Ferien sowieso tapezieren will. Also fragte ich ihn gleich, ob er nicht bei mir anfangen kann.

Im HERBST? Ich kann unmöglich noch bis zum Herbst warten. Das würde ja bedeuten, niemand darf bis dahin mehr mein Zimmer betreten.

Also musste ich mir selbst helfen. Ich nahm aus dem Schreibtisch meines Vaters ein paar besonders dicke Stifte und machte mich ans künstlerische Werk.

Das Ergebnis ist nicht so, wie ich es mir vorgestellt habe. Aber wenigstens ist nicht zu übersehen, dass ich mit den Zuständen an meinen Zimmerwänden echt nicht mehr einverstanden bin.

Am Abend gab es den Rest von der Lasagne und so langsam habe ich das Gefühl, dass die Ferien jetzt endlich beginnen. Die richtigen Ferien, meine ich! Bisher habe ich ja fast nur Verantwortung übernommen und so was.

Nach dem Essen ging ich in mein Zimmer, um mir ein paar coole Sachen für morgen zu überlegen. Aber schon vor der Zimmertür roch es ziemlich streng nach Farbe und gleichzeitig hörte ich meinen Vater rufen.

O Mann. In meinem Zimmer stinkt es so sehr nach Chemie, dass niemand es darin aushalten kann. Meine Mutter riss alle Fenster auf und warf mich aus meinem eigenen Zimmer.

Das Blöde war: Keiner nahm meine künstlerische Arbeit zur Kenntnis. Dabei habe ich den ganzen Nachmittag dafür gebraucht!

Meine Eltern meinten, ich sollte die Nacht besser nicht in meinem Zimmer schlafen. Zuerst hatte ich echt Angst, ich müsste im Stehen schlafen, aber dann hatte ich eine super Idee, wie das Problem gelöst werden konnte.

Aber leider schläft Lea keine zweite Nacht bei uns. Und Neele konnte sich erfolgreich gegen die Überbelegung ihres Zimmers wehren. Deshalb haben sie mir eine Campingliege im Wohnzimmer aufgestellt.

Vorhin habe ich mir noch Sorgen gemacht, dass ich bis nächstes Jahr auf der Liege schlafen muss. Andererseits wäre das ja gar nicht so übel. Im Wohnzimmer habe ich die einmalige Chance, die ganze Nacht fernzusehen!

Das wäre für mich als Dauerzustand kein Problem!

EINE NEUE TAPETE IST WIE EIN NEUES LEBEN

Herrje, wie müde kann man eigentlich sein? Zuerst fühlte ich mich noch ganz gut. Aber schon beim Frühstück kam die Quittung dafür, dass ich mir die ganze Nacht Werbesendungen für Keramikpfannen im Fernsehen angeschaut hatte.

Meine Eltern haben mich schließlich ins Bett geschickt, obwohl es in meinem Zimmer immer noch nach Farbe roch. Ich habe erst mal noch drei Stunden weitergeschlafen.

Als ich wieder aufgewacht bin und in die Küche kam, telefonierte mein Vater gerade.

Obwohl ich mich natürlich schon auf die neuen Tapeten freute, merkte ich, dass die Stimmung zu Hause nicht besser wurde. Also beschloss ich, heute meinen Gartentag zu machen. Vielleicht würden sie die Sache mit der Tapete dann vergessen und auch nicht merken, dass es eigentlich nur noch ein halber Gartentag war.

Als Erstes wollte ich den Rasen mähen, aber mein Vater sagte, er hatte den gestern erst gemäht. Da wollte ich schon wieder rein ins Haus und noch mal schlafen.

Doch mein Vater meinte, Arbeit gibt es immer und ich könnte den Komposthaufen ausleeren oder die Algenplage im Gartenteich beseitigen.

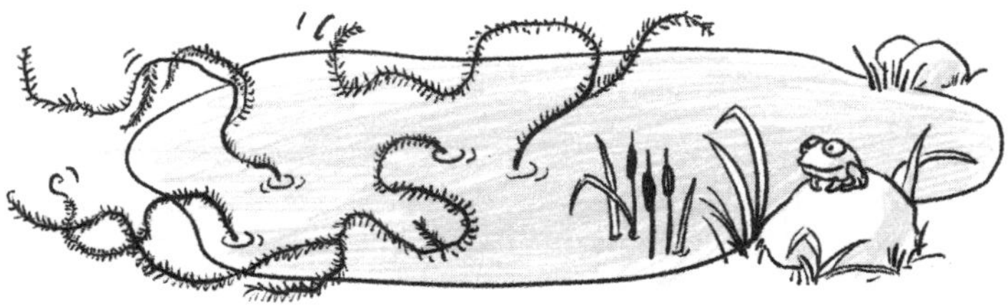

Ich hatte zu keinem von beiden Lust. Am Ende musste ich mich aber entscheiden, denn wenn ich einen Rückzieher gemacht hätte, wären meine Eltern bestimmt wieder sauer gewesen.

Ich entschied mich für den Gartenteich, weil ich dachte, der Kompost würde zu sehr stinken. Wie falsch ich da lag, merkte ich erst, als es zu spät war.

Zum Glück gab es im Teich aber gar nicht so viele Algen und ich war ziemlich schnell fertig. Ich ging zu meiner Mutter, um ihr zu sagen, dass ich meinen Gartentag nun geleistet hatte. Aber sie sagte, das wäre nicht einmal ein halber Gartentag gewesen und ich könnte ja morgen weitermachen.

FLANDI

Heute gab es eine gute und eine schlechte Nachricht. Die schlechte zuerst: Meine Eltern hatten den zweiten halben Gartentag nicht vergessen! Ich sollte aus einem Beet das Unkraut rausrupfen, dann wäre unser Zeugnisvertrag erfüllt.

Dieser blöde Vertrag! Wenn es nächstes Jahr wieder so einen Vertrag gibt, dann bestehe ich auf eine ganz bestimmte Veränderung.

* Wenn Flint im Zeugnis eine 2 und eine 5 hat, heben die Zensuren sich gegenseitig auf und er braucht nicht zu arbeiten!

VEREINBARUNG

Für jede 2 in seinem Zeugnis erhält FLINT 10 €

Für jede 5 muss er einen Tag im Garten arbeiten.

Flint

FLINT

ERZIEHUNGSBERECHTIGTE

Dann würde ich zwar auch keine 10 Euro bekommen, aber das wäre es definitiv wert! Wenn man immer nur im Garten rumschuftet, hat man doch sowieso keine Zeit, Geld auszugeben!

Aber es gab, wie gesagt, auch eine gute Nachricht: Meine Eltern sind zu Opa gefahren, um IHM im Garten zu helfen. Und weil Neele auch nicht zu Hause war, hatte ich sturmfreie Bude. Oder besser gesagt: sturmfreien Garten!

Ich überlegte, dass ich mir nur ein bisschen Hilfe holen müsste, damit das blöde Unkraut in einer Stunde erledigt wäre. Meine Eltern würden es ja gar nicht merken. Also rief ich Andi an. Ich erzählte ihm natürlich nicht direkt, um was es ging.

Andi roch den Braten aber leider. Darum erinnerte ich ihn daran, dass ich ganz alleine am Schuppen vom Steinmetz gearbeitet hatte und ich deswegen noch was bei ihm gut hatte.

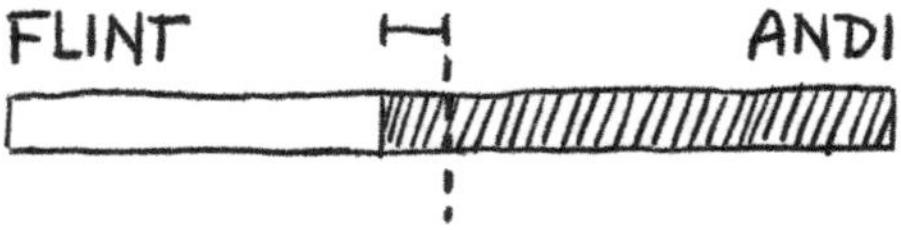

Andi schien echt noch ein schlechtes Gewissen zu haben und ich musste ihm nur noch versprechen, dass der Firmenname mit SEINEM Namen beginnt. Also trafen wir uns eine halbe Stunde später zum Projekt

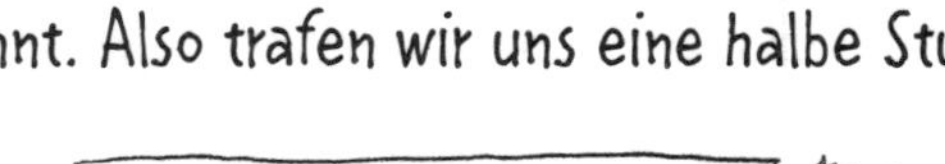

Andi brachte Laura mit. Besser hätte es gar nicht laufen können, so hatte ich gleich zwei Mitarbeiter! Als Erstes tauften wir unsere Firma nochmals um. Laura meinte, ANFLAURA wäre perfekt.

Da steckt ja quasi Flora drin und Flora steht für die Pflanzenwelt. Ich war einverstanden, aber Andi hatte da seine ganz eigenen Ideen:

Mir war der Name ziemlich egal. Ich sagte, wir müssten sowieso erst mal üben, bevor wir unsere Dienste anbieten können. Also schlug ich vor, direkt mit dem Unkrautrupfen anzufangen. Dummerweise rochen diesmal beide den Braten sofort.

Laura bestand darauf, in der Firma NUR den Bereich Marketing zu übernehmen, weshalb sie nicht zupfen könnte. Und schließlich hatte Andi auch keine Lust, alleine zu zupfen.

Das ganze Projekt Gartentag drohte zu scheitern, weil alle Häuptling sein wollten und keiner Indianer. Das mit den vielen Häuptlingen und den wenigen Indianern ist ein altes Sprichwort, das mein Vater manchmal zum Besten gibt. Na, wer weiß! Vielleicht hat er sich das auch nur ausgedacht, damit ich Gefallen daran finde, Indianer zu sein.

Ich gab mich geschlagen und fing einfach an das Beet umzugraben, während Andi und Laura ihre Unternehmensziele besprachen:

Während ich noch eine Weile das Beet umgrub, fanden Andi und Laura in unserem Garten ein riesengroßes altes Wagenrad. Andi hatte die Idee, daraus ein Karussell zu bauen.

Er war vor ein paar Tagen mit seinen Eltern im Freizeitpark und weiß jetzt angeblich genau, wie die Dinger funktionieren.

Mir gefiel die Idee mit dem Wagenrad. Karussells finde ich nämlich auch ziemlich gut. Und das Unkraut ließ sich ja auch später noch beseitigen! Also gingen wir gleich ans Werk.

Wir holten erst mal alle Bretter, die wir finden konnten, dazu ein paar Spanplatten als Unterlage und meinen alten Bollerwagen als unsere erste Gondel.

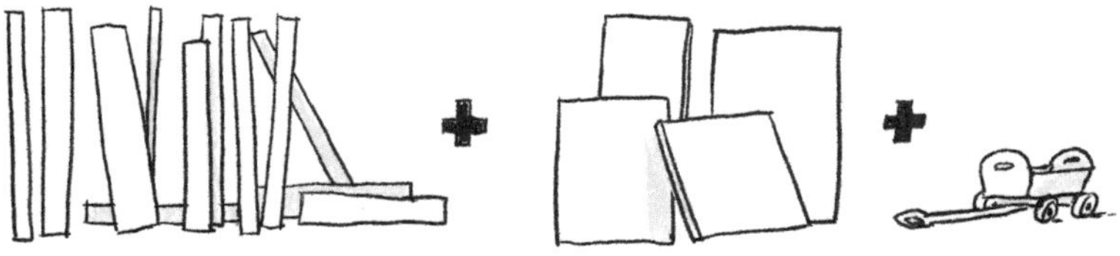

Es dauerte eine ganze Weile, aber als wir endlich fertig waren, hatten wir uns auch echt eine Cola verdient.

NIEMAND WILL DER MOTOR SEIN!

Jetzt stellte sich natürlich die Frage, wie wir unser Karussell berühmt machen konnten. Laura schlug vor Flugblätter zu malen und sie in der Schule zu verteilen.

Und Andi rechnete aus, dass wir bei einem Euro pro Fahrt ziemlich schnell reich werden würden. Die Vorstellung, reich zu sein, gefällt mir ganz gut.

Aber unser Plan drohte zu scheitern, als es um die Frage ging, wer von uns der Motor sein würde. Irgendjemand musste ja die Gondel anschieben, bis wir uns von den Einnahmen einen richtigen Motor leisten konnten.

Laura kam schon mal nicht in Frage, weil sie ja immer noch Probleme mit dem Knie hatte und humpelte. Aber wenigstens stellte sie sich als Testperson für die erste Fahrt zur Verfügung.

Also blieben noch Andi und ich. Einer musste Kartenabreißer sein, der andere der Motor. Ihr könnt euch sicher vorstellen, hinter welchem Job wir beide her waren. Also warfen wir eine Münze. Und das Schicksal meinte es gut mit mir!

So machten wir es also. Leider schafften wir nicht mal die Testfahrt. Schon nach wenigen Runden krachte das Karussell in sich zusammen.

Das Dümmste war: Bevor wir es wieder aufbauen konnten, kamen meine Eltern zurück.

Sie sahen nur noch einen Haufen Bretter mit Nägeln drin. Zuerst schickten sie Andi und Laura nach Hause, dann gingen sie erst mal ins Haus und sagten gar nichts mehr.

Ich glaube, das ist die größte Strafe. Wenn sie erst mal nichts sagen. Es heißt wahrscheinlich, dass ihnen die Worte fehlen. Und wer weiß, ob sie nicht gerade darüber nachdenken, mich in Müllers Steinbruch zu schicken. Zur Zwangsarbeit!

Oder sie brummen mir NOCH EINEN Tag Gartenarbeit auf! Bitte nicht. Ich meine, man sieht ja, was dabei rauskommt!

OPA IST DA

Am Abend war mein Opa da. Meine Eltern hatten ihn zum Essen eingeladen. Zum Glück! Wenn Besuch da ist, schimpfen sie nämlich nicht so sehr. Manchmal vergessen sie sogar, dass ich überhaupt Mist gebaut habe.

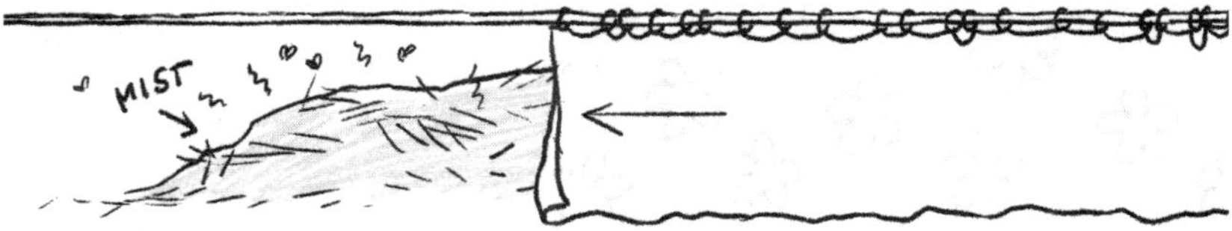

Mein Opa ist ungefähr 7 x so alt wie ich, aber immer noch total gut drauf. Wenigstens meistens.

Früher hat mein Opa bei der Sparkasse gearbeitet. Als ich klein war, habe ich immer geglaubt, er könnte von dort so viel Geld mitnehmen, wie er wollte, und unsere Familie wäre deswegen unheimlich reich, aber das stimmte leider nicht.

Zurzeit bekomme ich jedes Mal, wenn ich meinen Opa besuche, einen Euro. Das ist ziemlich anstrengend. Um eine DVD zu kaufen, muss ich ihn zehnmal besuchen. Und für ein mittelgutes Videospiel sogar dreißigmal!

Neulich habe ich versucht mir in drei Tagen möglichst viel Geld für den Jahrmarkt zusammenzubesuchen. Aber als ich am zweiten Tag schon zum dritten Mal bei Opa klingelte, kam ihm das langsam komisch vor.

Als ich wieder gehen wollte, merkte Opa, dass ich auf etwas wartete. Wahrscheinlich wusste er auch, worauf. Ich glaube, er machte sich einen Spaß daraus, mich zappeln zu lassen.

Tja, diese Einnahmequelle sprudelt leider nur sehr langsam. Darum musste ich erst mal ein paar Tage Pause machen, bis ich Opa wieder besuchen konn

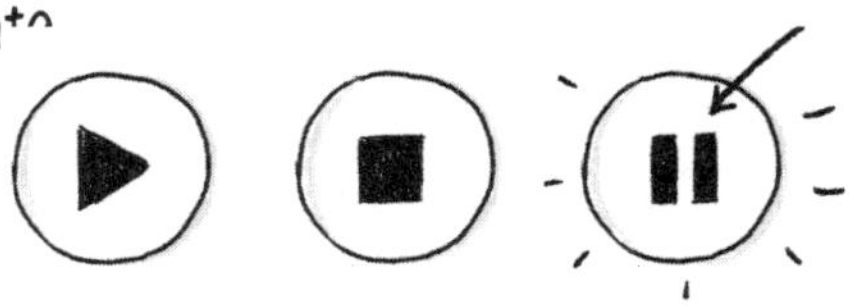

Aber nicht dass jetzt alle denken, ich würde Opa nur wegen des Geldes besuchen! Es ist auch so ganz okay bei ihm.

Wenn ich zum Abendbrot bei ihm bin, macht er uns immer ein Ei und toastet uns Brötchen aus dem Tiefkühlschrank. Das krümelt zwar extrem doll, aber es ist immer noch besser als das trockene Schwarzbrot zu Hause.

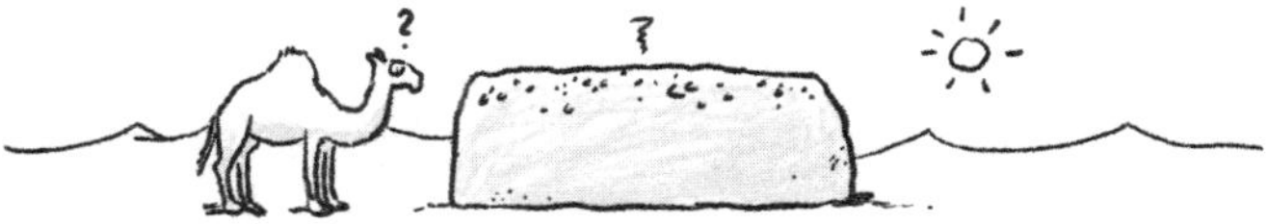

Aber zurück zu unserem Abendbrot zu Hause. Spaghetti Bolognese! Die sind lecker und krümeln nicht. Und es war, wie ich gehofft habe: Weil Opa da war, schimpften meine Eltern nicht so wegen der Sache mit dem Karussell. Ich dachte sogar schon, es wäre vergessen. Doch da stellte Opa seine Standardfrage.

Und dann hat mein Vater ihm von unserem Karussell erzählt, von diesem Schrotthaufen, der jetzt im Garten liegt. Und natürlich von dem ganzen Holz und den Nägeln, die ich dafür verschwendet habe.

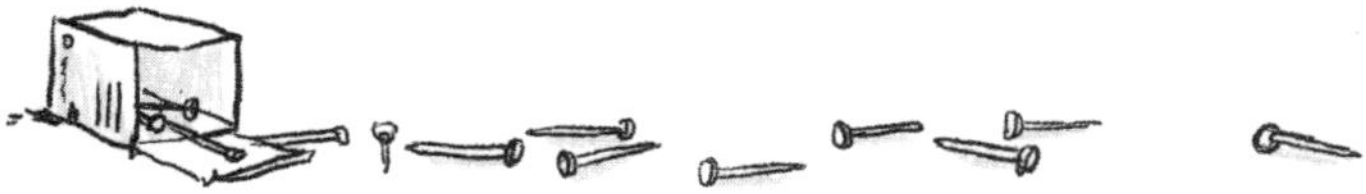

Mein Opa schien ziemlich beeindruckt von meinen handwerklichen Fähigkeiten, denn er lobte mich.

Schließlich musste Neele grinsen und dann musste auch meine Mutter grinsen. Aber mein Vater war immer noch sauer. Also sagte ich beim Essen lieber nichts und ließ meinen Opa reden. Wobei das nicht immer ganz so interessant war:

Neele mag meinen Opa übrigens auch sehr gerne. Aber sie besucht ihn nicht so oft. Ich dachte deswegen immer, sie wäre weniger geschäftstüchtig als ich.

Bis ich herausgefunden habe, dass mein Opa Buch darüber führt, wie viel Geld er uns gibt, damit alles ganz gerecht zugeht. Darum bekommt Neele manchmal gleich fünf Euro oder so. Also arbeite ich durch meine häufigen Besuche gleich für sie mit. Bedankt hat sie sich dafür aber noch nie!

Nach dem Essen sind wir Herren der Familie in den Garten gegangen, um uns mein Karussell anzusehen. Oder das, was davon noch übrig ist.

Mittlerweile grinste mein Vater aber auch schon bei dem Anblick. Allerdings hinderte es ihn nicht daran, ein furchtbares Urteil zu sprechen.

Als ich das hörte, sah ich meinen Opa an und er nickte etwas. Da war ich erleichtert, denn es hieß wohl, dass er mir helfen würde. Er hat ziemlich viel Geduld mit solchen Sachen.

OPA PACKT EIN

Die meiste Geduld hat mein Opa immer zu Weihnachten. Ich glaube, es gibt niemanden auf dieser Welt, der die Geschenke so gut verpackt wie er.

Meine Eltern sagen, mein Opa hat als Rentner jetzt einfach genug Zeit, die Dinge supersorgfältig zu machen. Aber ich glaube ja, er will nur verhindern, dass wir die Geschenke zu schnell aufreißen.

Er lässt sich nämlich selber immer total viel Zeit beim Auspacken. Vielleicht will er uns dazu bringen, es genauso zu machen.
Ich vermute auch, Opa packt seine Geschenke deswegen so vorsichtig aus, damit man das Geschenkpapier im nächsten Jahr noch einmal benutzen kann.

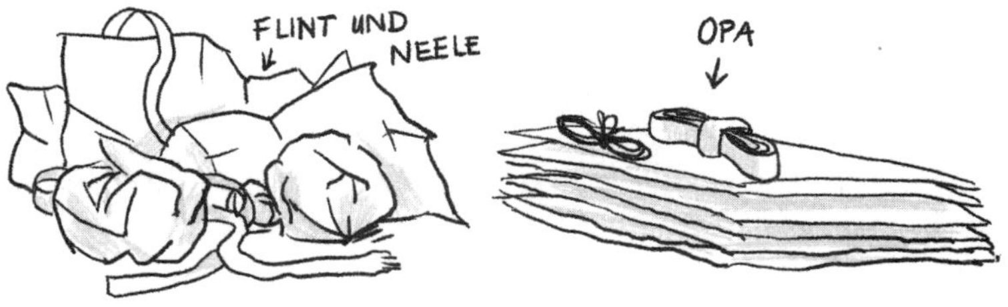

Früher haben wir immer vor dem Essen Bescherung gemacht, aber einmal wären wir dabei fast verhungert.

Seit vorletztem Jahr machen wir die Bescherung also erst nach dem Essen. Und Opa bekommt seine Geschenke immer als Letzter.

Aber wie ich schon sagte: Ansonsten haben wir Opa alle echt gerne. Auch wenn ihm ab und zu mal ein Missgeschick passiert. Wie neulich, zum Beispiel.

Da wollte er sich das Etikett einer Flasche Rotwein mal genauer durchlesen. Er hat die Flasche also ins Licht gehalten, um besser sehen zu können. Dummerweise hatte meine Mutter die Flasche schon in Betrieb genommen.

Meine Mutter hat sofort Salz geholt und es auf den Fleck gestreut. Das soll angeblich helfen. Aber irgendwie passierte nichts. Und nun haben wir im Wohnzimmer immer eine schöne Erinnerung an diesen Abend.

DIE SHOPPING QUEEN

Heute Morgen war meine Mutter echt sauer. Sie hat die Jeanshose gefunden, mit der ich am Schuppen vom Steinmetz gearbeitet habe.

Ich wollte schon sagen, dass gute Hosen auch mal zu schlechten Hosen werden, wenn man sie regelmäßig benutzt. Aber in den Augen meiner Mutter lag dieses Blitzen. Darum hielt ich lieber die Klappe.

Sie meinte, ich könnte von Glück sagen, dass sie mit uns heute sowieso neue Klamotten kaufen gehen wollte. Da habe ich mich gefragt, warum sie dann so einen Aufstand um die Jeans machte. Aber bevor ich es aussprechen konnte, sah ich es wieder: das Blitzen.

Also bin ich mit meiner Mutter und Neele zum Klamottenkaufen in die Stadt gefahren. Das war echt langweilig. Vor allem weil ICH mir schon nach einer halben Stunde eine Hose und einen Pullover ausgesucht hatte. Bei Neele ging das nicht ganz so schnell.

Ich hätte die Zeit ja super in der DVD-Abteilung verbringen können, aber meine Mutter dachte wohl immer, wenn Neele in der Kabine verschwand, dass sie bald fertig wäre. Also sollte ich warten.

Aber Pustekuchen! Es dauerte JAHRE. Na ja, wenigstens ziemlich lange. Komischerweise sah man bei den Sachen, die Neele so anprobierte, gar keinen Unterschied.

Irgendwann gab meine Mutter auf. Sie ließ Neele Geld da und sagte, sie könnte ja nach Hause kommen, sobald sie fertig war.

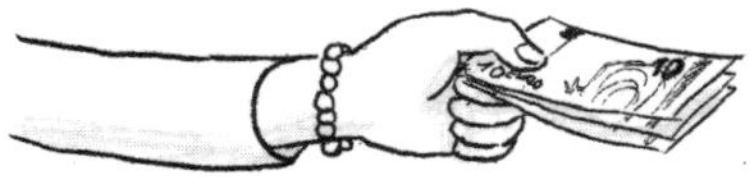

Das ließ Neele sich natürlich nicht zweimal sagen. Ich glaube, sie geht nicht besonders gerne mit uns einkaufen. Wahrscheinlich befürchtet sie, von irgendwelchen Jungs aus der Schule gesehen zu werden.

Ich war etwas neidisch, weil Neele einfach das Geld bekommen hat und ich nicht.

Also legte ich meinen bereits ausgesuchten Pullover und die Hose zurück und suchte weiter. Dabei zog ich irgendwelche Sachen an, die bestimmt kein Mensch jemals tragen würde.

Ich dachte, meine Mutter würde dann vielleicht auch mir etwas Geld dalassen und ich könnte es in der DVD-Abteilung investieren. Aber da hatte ich mich leider getäuscht.

Also suchten wir meinen Pullover und meine Hose wieder und bezahlten, während Neele ungestört ihre Knete verballern durfte!

EIN TAPETENWECHSEL

Ich glaube, meinen Eltern ist überhaupt nicht klar, wie anstrengend die Schule ist!

Ihnen ist das frühe Aufstehen ja scheinbar von Gott gegeben, aber ich bin nun mal ein anderes Wesen. Wenn sie das verstünden, würden sie nicht ständig von mir verlangen irgendwelche Sachen zu machen. Schließlich braucht mein Geist all meine Energie für die Schule. Und darum sollte man sich in den Ferien körperlich nicht überanstrengen.

Meine Mutter meinte mal wieder, alles besser zu wissen. Sie sagte, SIE könnte am besten WÄHREND der Arbeit lernen. Zum Beispiel während der Hausarbeit. Allerdings macht sie bloß so einen Sprachkurs und dafür hat sie auch noch diese komischen uralten Lern-CDs.

Die Ferien dauern jetzt nicht mehr besonders lang. Gestern wollte ich schon meinen Vater fragen, wo denn jetzt der Maler bleibt, weil ich doch endlich neue Tapeten brauche, damit ich ein neues Leben beginnen kann!

Sollte es nämlich einmal dazu kommen, dass Daniel bei uns vorbeischneit, wären neue Tapeten unerlässlich. Im jetzigen Zustand könnte ich weder ihn noch sonst jemanden in mein Zimmer lassen. Na ja, im Moment sieht es ja sowieso nicht danach aus, dass Daniel und ich noch Freunde werden. Was wäre das schließlich für eine Freundschaft?

Heute stand er dann zum Glück vor der Tür. Also nicht Daniel, sondern der Maler.

Die Tapeten, die er dabeihatte, waren allerdings weiß! Wie langweilig! Meine Mutter meinte, wir könnten mein Zimmer danach ja gemeinsam streichen und ich hätte freie Auswahl bei den Farben.

Aber als wir dann später im Baumarkt waren, war es vorbei mit freier Auswahl.

Am Ende haben wir die Tapeten dann doch weiß gelassen. Ich habe ein paar Poster und Bilder aufgehängt und insgesamt sah es gar nicht so übel aus. Vor allem ein bestimmtes Detail gefiel mir.

Das mit der alten Tapete war allerdings nicht meine Idee. Der Maler hat wohl erkannt, dass ich ein kreatives Genie bin, darum hat er gefragt, ob ich vielleicht ein Stück von meinem Kunstwerk als Erinnerung behalten wollte.

Ich hielt das für eine ziemlich gute Idee. Einige Menschen haben schließlich auch Stücke von der Berliner Mauer behalten. Als Mahnung oder so.

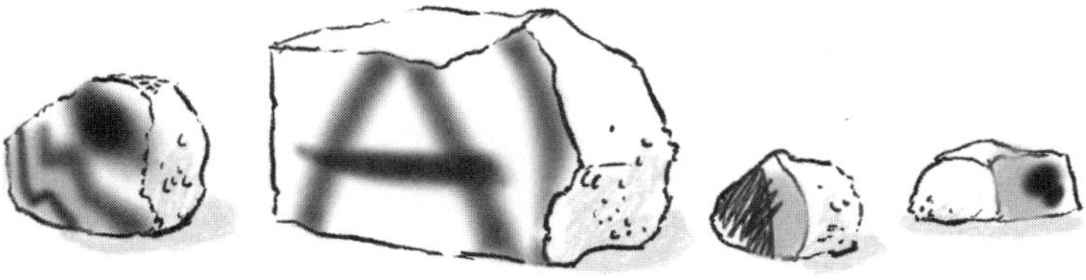

MIST, SCHLUSS MIT FERIEN!

Morgen sind die Ferien vorbei. Dann muss ich wieder zur Schule. Es gibt nichts Schlimmeres als den letzten Ferientag.

Ich habe nach den Ferien immer so was von keine Lust, zur Schule zu gehen, dass ich mir schon überlegt habe, mir absichtlich eine Erkältung einzufangen. Meine Mutter sagt immer: „Tür zu, es zieht, wir erkälten uns alle!"

Das habe ich mir gemerkt. Und so machte ich ein paar Versuche mit diesem bösen ZUG, von dem sich angeblich immer alle erkälten. Zuerst begleitete ich meinen Vater auf einer Einkaufstour.

Tja. Man müsste selbst einen Führerschein haben, dann könnte man Zug haben, so viel man will.

Ich musste mir also was anderes überlegen. Aber bei all meinen Versuchen wurde ich immer wieder gestört.

Der Nachbar wollte mir den Laubbläser leider nicht ausleihen. Und von meinen bisherigen Versuchen hatte ich bloß trockene Augen bekommen.

Es hat alles nichts genützt. Ich muss morgen zur Schule gehen. Das Allerschlimmste am ersten Schultag ist der Moment, wenn man morgens aufwacht und einem das ganze Unheil einfällt:

OCH NEE! HEUTE GEHT DIE SCHULE WIEDER LOS!

Ich überlegte lange, wie ich diesen deprimierenden Moment verhindern konnte. Es war einfach zum Verzweifeln. Aber irgendwann hatte ich eine extrem gute Idee.

Ich dachte, wenn das AUFWACHEN so schlimm ist, dann darf man halt nur NICHT EINSCHLAFEN. Wer nicht schläft, kann auch nicht aufwachen.

Für meine letzte Nacht vor dem Schulanfang traf ich einige Vorbereitungen. Ich stellte heimlich den alten Laptop meiner Eltern in mein Zimmer. Da ist ein DVD-Laufwerk drin und man kann prima Filme schauen.

Dazu bunkerte ich in meinem Zimmer eine Tafel Schokolade, eine Tüte Chips und beim Kiosk an der Ecke kaufte ich noch eine Flasche Cola und vier Dosen Blue Cow. Es durfte mir nicht noch einmal passieren, am nächsten Tag beim Frühstück einzuschlafen.

Ich schätze, selbst wenn es nur zehnmal so viel ist, sollte es reichen. Ich weiß ja, wie aufgedreht meine Mutter manchmal nach der zehnten Tasse Kaffee ist.

MEINE GROSSE FILMNACHT

Für die letzte Feriennacht habe ich mir also drei Filme besorgt.

Aus dem Regal meiner Eltern den neuesten „James Bond", von Neele „Die Tribute von Panem" und von meinem Opa einen alten Cowboyfilm, der hieß „Zwei glorreiche Halunken".

Nachdem meine Eltern wie jeden Abend in meinem Zimmer gewesen waren, um Gute Nacht zu sagen, verhielt ich mich ganz leise. Quasi als ob ich selig träumte. Gegen Mitternacht dann, als ich sicher sein konnte, dass alle anderen schon schliefen, stand ich auf und startete meine große Filmnacht. Auch superleise natürlich.

Und was soll ich sagen: Die Zeit verging echt schnell. Ich hatte eine spitzenmäßige Nacht.

Ganz nebenbei stellte ich fest, dass mich nachts keiner beim Fernsehen störte, es schliefen ja alle! Das Beste war aber, dass ich am nächsten Morgen nicht aufwachen musste!

Die zwei glorreichen Halunken hatten um halb sechs all ihre Gegner ausgeschaltet, also fing ich an mich (wieder ganz leise) fertig zu machen. Zum ersten Mal konnte ich in Ruhe überlegen, was ich an meinem ersten Schultag anziehen sollte. Schließlich hatte ich jetzt eine neue Tapete! Warum sollte man da nicht gleich die Chance ergreifen und ein ganz neuer Typ werden? Ich glaube, ich bin am ersten Schultag noch nie so gut drauf gewesen.

Beim Frühstück war dann auch alles tippitoppi. Ich war fit und frisch. Aber auch satt. Wegen der Chips und so …

Auch in der Schule war es irgendwie besser als sonst. Ich fühlte mich den anderen gegenüber total im Vorteil, weil ich an diesem Tag ja schon viel länger dabei war als sie!

Und das mit dem GUT FÜHLEN ging auch fast bis zur dritten Stunde so. Dann wurde es langsam schwieriger.

O Mann. Ich weiß nicht, was passiert ist. Irgendwie hält dieses

Blue Cow wohl nur einen Teil des Körpers wach. Ganz oben wirkte es nicht mehr. Und am Ende der dritten Stunde wirkte es nirgendwo mehr.

BITTE NICHT ZU DR. SCHIMMELPFENNIG!

Als ich von der Schule nach Hause kam, stand meine Mutter schon am Telefon.

Als ich das hörte, ahnte ich schon, dass der Preis für das Nicht-aufwachen-Müssen nach den Ferien wahrscheinlich zu hoch war.

Mein Klassenlehrer, Herr Weise, hatte meiner Mutter erzählt, dass ich im Unterricht geschlafen habe. Und da dachte meine Mutter, ich sollte besser mal zu Dr. Schimmelpfennig gehen. Sie wollte untersuchen lassen, ob ich an einer Schlafstörung leide.

Auf einen Besuch bei Dr. Schimmelpfennig war ich gar nicht scharf. Ich konnte meiner Mutter aber schlecht sagen, warum ich wirklich in der Schule eingeschlafen war.

Dr. Schimmelpfennig steht in meiner Rangordnung der furchteinflößendsten Personen dieser Welt gleich hinter der ältesten Tochter des Satans.

1. 
2. 
3. 

Er sieht gar nicht so unheimlich aus, aber ich musste vor einigen Jahren mal zu ihm, weil ich Ohrenschmerzen hatte. Da hat er mir die Ohren ernsthaft mit Wasser ausgespült.

Ich kann euch sagen: Vorher – das waren keine Schmerzen. Das war Pipikram.

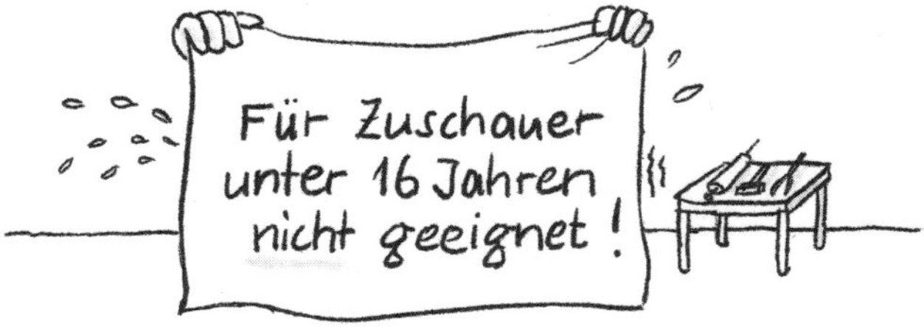

Seit dem Tag habe ich nie wieder Ohrenschmerzen gehabt. Jedenfalls nicht offiziell. Ich habe es nie wieder zugegeben, nicht ein einziges Mal! Ich frage mich, warum Leute ihre Kinder zu so einer Behandlung schicken. ICH werde jedenfalls nicht mehr freiwillig da hingehen.

Unsere ganze Familie geht übrigens zu Dr. Schimmelpfennig. Mein Opa jeden Monat.

WAS SOLL SICH VERÄNDERN?

Ich habe mich zwar extrem gewehrt, aber meine Mutter hat darauf bestanden, dass wir wirklich zu Dr. Schimmelpfennig gehen. Dabei weiß doch jeder, dass gesunde Menschen spätestens im Wartezimmer krank werden.

Während wir also in dieser Bakterienaufzuchtstation saßen, habe ich versucht, die Luft anzuhalten, aber das geht ja leider auch nicht ewig, weil man sonst umkippt. Also habe ich mich wie alle anderen hinter einer Zeitschrift versteckt. Zu meiner Überraschung entdeckte ich darin sogar einen großen Bericht über mich.

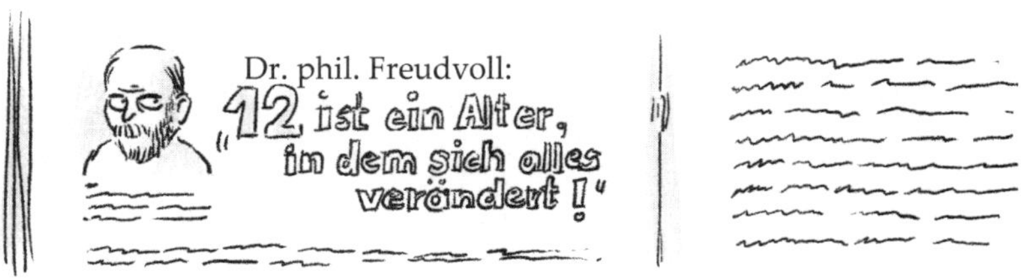

Ich überlegte, was dieser Psychologe wohl damit meinte und was sich jetzt für mich ändern würde, aber dann wurden wir schon aufgerufen. Immer dasselbe! Gerade wenn das lustige Buch oder der psychologische Artikel spannend wird, muss man aufhören.

Tja. Und so saß ich also heute Nachmittag vor Dr. Schimmelpfennig und der sah mich ganz ernst an und wollte wissen, warum ich denn in der Schule einschlafen würde.

So eine blöde Situation. Ich konnte ihm ja schlecht erzählen, dass ich eine Nacht lang Filme geschaut und Blue Cow getrunken hatte. Aber dann fiel mir zum Glück die Zeitschrift wieder ein, die ich vorher im Wartezimmer gesehen hatte.

WIEDERSEHEN MIT DANIEL MÜLLER

Eigentlich brauche ich immer nur den Montag, um mich wieder an die Schule zu gewöhnen. Am Dienstag ist dann alles okay, weil ja schon fast das nächste Wochenende vor der Tür steht!

Heute war ein guter Montag. Das hatte gleich mehrere Gründe. Der erste Grund: Andi hat Geburtstag.

Deswegen hat er gleich am Morgen versprochen Laura und mir in der großen Pause ein Eis zu spendieren.

Und in der zweiten Stunde hatten wir eine Freistunde. Unser Mathelehrer war krank. Das war auch echt super! Ich meine, hoffentlich geht es ihm bald besser, aber Mathe ist echt nicht so mein Ding.

Also ging Andi in der Freistunde mit uns zum Schwimmbadkiosk. Eigentlich dürfen wir in Freistunden nicht den Schulhof verlassen, aber der Schwimmbadkiosk ist gleich neben der Schule, darum ist das erlaubt. Auch wenn es die meisten Eltern nicht so toll finden:

Andi hat eigentlich immer Geld dabei, meistens kauft er dafür Chips. Und nett wie er ist, gibt er Laura und mir fast immer etwas von seinen Chips ab.

Bei uns weiß er wenigstens, dass wir ihn nicht ausnutzen und dann stehenlassen, sobald wir die Chips bekommen haben. So macht Judo-Max aus der Parallelklasse das nämlich immer.

Und wenn Max ihm dann die halbe Chipstüte weggefuttert hat, verschwindet er sofort und hat Andi schon wieder vergessen.
So sind Laura und ich natürlich nicht. Wir sind wirklich Andis Freunde und machen uns manchmal einfach große Sorgen um ihn:

Aber wie gesagt, heute hat Andi keine Chips gekauft, sondern Eis. Für jeden eines.

Wir standen also in der Freistunde mit unserem Eis beim Schwimmbadkiosk. Andi meinte, wir müssten den ganzen Tag machen, was er will, weil er Geburtstag hat.

Das haben wir nämlich früher so gemacht. Andi besteht aber darauf, dass es immer noch so sein muss. Deshalb ist er auch jedes Jahr enttäuscht, wenn sich keiner mehr daran hält.

Dieses Jahr hat Andi zu seinem Geburtstag einen Scooter geschenkt bekommen. Das ist so ein Roller-Dings, mit dem man auch Skater-Kunststücke machen kann. Aber der große Unterschied zum Skaten ist, dass man eine Stange hat, an der man sich festhalten kann. Andi sagt, er könnte schon total viele Kunststücke, aber ich kann das nicht so richtig glauben.

Wenn er das Teil erst heute geschenkt bekommen hat, wann hätte er damit üben sollen? Etwa während des Frühstücks?

Ich habe Andi gefragt, ob er uns mal zeigen kann, was er so draufhat. Das will er tun. Aber erst morgen Nachmittag, wenn er seinen Geburtstag feiert.

Als wir nach der Freistunde zurück zur Schule liefen, kam uns übrigens noch Daniel Müller mit seiner Freundin Zoe und seinem Kumpel Jerome entgegen.

Ich überlegte, ob ich ihn grüßen sollte oder nicht. Viel Zeit hatte ich nicht, denn sie kamen direkt auf uns zu.

Ich entschied mich dafür, woanders hinzugucken. Wenn ich ihn grüßen würde und er würde nicht zurückgrüßen, dann wäre das ziemlich peinlich!

Also hockte ich mich hin und tat so, als würde ich mir die Schuhe zubinden und ihn nicht sehen. Dann passierte es:

Heidewitzka! Niemals hätte ich damit gerechnet, dass DER mich zuerst grüßen würde! Ich rief „Yo!" zurück, aber er grinste bloß und die anderen grinsten auch.

Das „Yo!" war ungefähr so bescheuert, wie wenn einer „Peace!" ruft. Oder „Yeah!". Aber jetzt war es zu spät, immerhin hatte Daniel Müller mich gegrüßt. Das hat auf unserer Schule etwa die gleiche Bedeutung, als würde man von einem echten Promi gegrüßt werden.

Tja. Also, man soll sich ja nicht über andere definieren oder so. Das hat Neele mir zumindest mal gesagt. Aber irgendwie gefiel es mir ganz gut, von unserem Schulhof-Promi gegrüßt zu werden. Vor allem weil die anderen es auch bemerkt haben.

FAST UMSONST AM SCHWIMMBADKIOSK

Am nächsten Tag habe ich die ganze große Pause vor dem Schwimmbadkiosk gestanden und gewartet, dass Daniel wieder vorbeikommt.

Ich hatte echt Lust, auch Zoe kennenzulernen, denn die ist irgendwie cool. Sie hat ziemlich lange Haare, aber das sieht man nie, weil sie immer Mützen trägt. Ich glaube, sie spielt sogar Schlagzeug in einer Band.

Irgendwann kamen sie wirklich vorbei. Da musste ich plötzlich daran denken, wie ungesprächig Daniel war, als wir am Schuppen gearbeitet haben.

Egal! Gestern hat er immerhin gegrüßt. Jetzt war es bestimmt das Beste, ihm eine Frage zu stellen, um ins Gespräch zu kommen.

Okay. Die Frage war nicht perfekt, aber sie war ein Anfang. Daniel antwortete allerdings nicht direkt. Stattdessen erzählte er den anderen, dass ich bei seinem Vater im Schuppen eingebrochen bin.

Zuerst dachte ich, das könnte vielleicht Eindruck machen, aber da lag ich ganz schön falsch.

Tja, was sollte ich dazu sagen. Ich bekomme zwar Taschengeld, aber ich habe noch nie auf einem Skateboard gestanden. Wegen meiner Vielseitigkeit konnte ich ja noch keine Disziplin wirklich perfektionieren.

Also griff ich zu einer Notlüge. Meine Mutter hat mal gesagt: Eine Notlüge geht in extremen Fällen in Ordnung, denn das ist ja aus der Not heraus. Ich glaube, sie hat die Notlüge selbst erfunden. Und zwar wegen meinem Onkel Enno. Dem ist oft langweilig und dann ruft er meine Mutter an und redet stundenlang.

Seitdem es Handys gibt, sagt meine Mutter meistens zu Enno, dass sie gar nicht zu Hause ist. Aber das ging nur bis zu dem Tag gut, an dem sie die Telefone verwechselte.

Auch ich brauchte jetzt eine Notlüge, denn wenn ich gesagt hätte, dass ich noch nie auf einem Skateboard gestanden habe, dann hätten Daniel und die anderen vielleicht gleich das Interesse an mir verloren. Also gab ich vor, schon seit meiner Geburt zu skaten und darum ziemlich gut zu sein.

Daniels Reaktion war genau die, die ich mir erhofft hatte.

Erst später wurde mir klar, dass es zwar cool war, dass ich zur Rampe kommen sollte, aber gleichzeitig auch FURCHTBAR, weil ich gar nicht skaten kann. Wenn diese Notlüge auffliegt, könnte es extrem unangenehm werden!

ANDI FEIERT GEBURTSTAG!

O Mann. Jetzt hat so eine Notlüge mich echt in Schwierigkeiten gebracht. Man könnte auch sagen: DIE KACKE IST AM DAMPFEN. Wenn Daniel und seine Freunde sehen, dass ich gar nicht skaten kann, werde ich bei denen unten durch sein. So leicht kann ich mich dann nicht mehr rausreden.

Am Nachmittag bin ich aber erst mal zu Andis Geburtstagsfeier gegangen. Andi hat acht Leute eingeladen, doch nur fünf sind gekommen. Dafür war aber noch Benni, der kleine Nachbarsjunge von Andi, da. Ich nahm mir vor, mich von ihm fernzuhalten, damit er mich nicht wieder in den Wald zerrt, um Piraten zu spielen.

Am Anfang war leider keine Zeit, um mit Andis neuem Scooter ein paar Kunststücke zu üben, weil wir alle „Wahrheit oder Pflicht" spielen mussten.

Dazu hatte zwar keiner Lust, aber Claudia, eine ältere Cousine von Andi, hatte sich für uns ein Programm überlegt. Und Claudia stellte bei „Wahrheit oder Pflicht" plötzlich irgendwelche Fragen, mit denen keiner gerechnet hatte.

Ach, du dickes Ei! Solche Fragen hat letztes Jahr noch keiner gestellt. Und ich war genauso wenig darauf vorbereitet wie Andi. Damit mir nicht dasselbe passierte wie ihm, entschied ich mich für Pflicht. Aber irgendwie war das auch nicht besser:

Zum Glück weigerte sich Vera da mitzumachen. Doch Andis Cousine bestand darauf, dass ich Vera wenigstens einen Handkuss geben sollte. Einen Handkuss?! Au! Danach schwor ich mir, nie nie NIE wieder „Wahrheit oder Pflicht" zu spielen. Mit einer klitzekleinen Ausnahme:

Nach dem Spiel wurde es etwas besser, denn wir fuhren ins Freibad! Andis Geburtstag ist jedes Jahr im August. Die Chance, dass wir ins Freibad können, ist darum immer sehr groß.

Als wir ankamen, schien es aber gar nicht geöffnet zu sein. Ganz im Gegenteil.

Und als wir stattdessen zum Hallenbad fuhren, hing dort ebenfalls ein Schild. Da stand, dass im Sommer nur das kleine Becken mit Wasser gefüllt ist. Aus Kostengründen. Dafür brauchte man wenigstens nur den halben Eintritt zu bezahlen.

Das schien Andis Vater zu gefallen. Ist ja klar. So konnte er Geld sparen. Mir gefiel das aber überhaupt nicht! Wenn man im Hallenbad eines ziemlich früh lernt, ist es, dass die Jüngsten immer in das kleine Becken pinkeln. Das weiß man genau, weil man es früher ja selbst so gemacht hat.

Da fällt mir ein: Herr Weise hat uns zum Wort „man" einen brandheißen Tipp gegeben.

Aber wenn es um solche Sachen wie Ins-Becken-Pinkeln geht, sage ich doch lieber MAN. Hüstel …

Jedenfalls wollte ich auf keinen Fall in das kleine Pinkelbecken. Darum behauptete ich einfach, ich hätte meine Badehose vergessen.

Manchmal bin ich echt stolz auf meine guten Ideen. Doch leider meinte Andis Vater, das mit meiner Hose wäre gar nicht schlimm. Er wollte sowieso nicht im kleinen Becken schwimmen. Ich könnte somit SEINE Badehose bekommen!

Eines war nun hundertprozentig sicher: Andis Vater wusste über das kleine Becken genauso Bescheid wie ich!!!

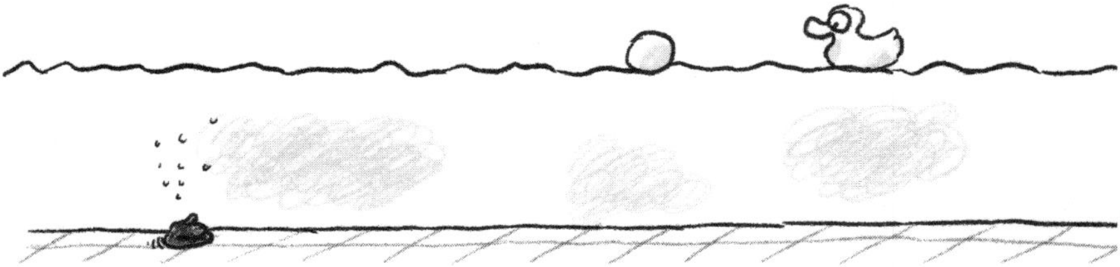

Wisst ihr, was das bedeutete? Ich konnte ja nicht mal sicher sein, dass die Badehose von Andis Vater überhaupt gewaschen war! Und wie kommt er eigentlich darauf, dass mir seine Hose passen könnte?

Ich kam mir so dämlich vor, dass ich gar keine Lust mehr auf Schwimmen hatte.

Aber zum Glück bin ich nicht auf den Kopf gefallen. Ich sprang einfach ein paarmal vom Rand ins Wasser, bis die Bademeisterin genug davon hatte, mich zu ermahnen.

Das war genau, was ich wollte. Ich durfte mich umziehen gehen.

In NORMALEN Klamotten legte ich mich kurz darauf auf die beheizten Steine an Beckenrand und wartete, bis die anderen fertig waren.

ÜBEN, ÜBEN, ÜBEN …

Als wir zurückkamen, gab es zum Glück kein gemeinsames Programm mehr. Während wir auf das Abendessen warteten, durfte jeder machen, was er wollte.

Das war meine Gelegenheit, noch ein bisschen Skaten zu üben. Ich schnappte mir Andis Scooter, und als er sich schon querstellen wollte, fiel mir wieder etwas ein:

Während die anderen sich also mit der Videokonsole beschäftigten und Musik hörten und so, übte ich im Garten mit Andis Scooter. Ich überlegte, ob ich Andi vielleicht überreden könnte, mir das Teil morgen auszuleihen. Dann könnte ich Daniel sagen, ich hätte skaten und scooten verwechselt oder so.

Jedenfalls war das Scooten total einfach.

Doch kurz vor dem Abendbrot passierte mir leider ein Missgeschick. Ich versuchte gerade mein erstes Kunststück und schon streckte es mich lang hin. Ich schlug ziemlich heftig auf dem Boden auf.

Es brannte an den Knien und an den Händen. Andis Mutter machte großen Wirbel und goss mir gleich so ein Zeug namens Jod über die Wunden. Aber das half überhaupt nicht, sondern brannte noch viel schlimmer!

Doch Andis Mutter meinte, auch Schürfwunden müssten immer desinfiziert werden. Das Brennen wäre ein Zeichen der Reinigung.

Beim Abendessen ging es mir wieder besser. Alle kümmerten sich rührend um mich, weil ich auch eine sehr eindrucksvolle Schramme im Gesicht hatte.

Zum Glück ging auch dieser Tag irgendwann zu Ende. Kurz bevor alle heimgingen, fragte ich Andi, ob er mir für morgen seinen Scooter ausleihen könnte. Ich erinnerte ihn wieder daran, dass er mir noch etwas schuldig war, wegen dem Schuppen und so. Aber noch mal funktionierte das leider nicht.

Andi fand, dass wir nun quitt waren. Er wollte mir seinen Scooter nicht ausleihen.

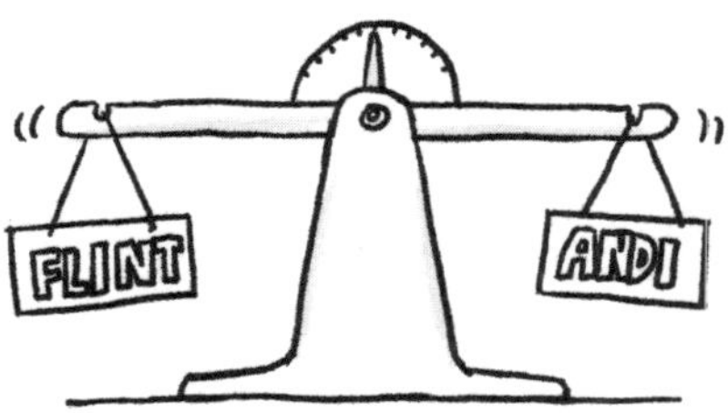

Etwas betrübt ging ich nach Hause. Manchmal ist man echt auf sich alleine gestellt, in dieser Welt voller Gefahren und Notlügen.

IM RAMPENLICHT

Heute Morgen hatte ich eigentlich schon beschlossen nicht zur Rampe zu gehen. Ohne Skateboard?! Einfach viel zu peinlich!! Aber dann hatte ich eine Idee.

Ich zog mir Klamotten an, die ein wenig nach Skater-Typ aussahen. Und vor allem eine kurze Hose, obwohl es draußen gar nicht besonders warm war. Ich wollte natürlich nur sichergehen, dass man meine schweren Verletzungen sah.

So ging ich zur Rampe. Ich humpelte extra noch ein wenig. Daniel und den anderen erzählte ich, dass ich mich gestern bei ein paar echt waghalsigen Skater-Kunststücken verletzt hatte und darum leider nicht mitmachen könnte.

Das schien Eindruck zu machen und ich dachte schon, noch mal davongekommen zu sein.

Aber dann meinte Daniel, dass ich – wo ich doch so ein Profi sei – ihre verschiedenen Tricks bewerten und sozusagen den Schiedsrichter machen könnte. Dummerweise habe ich gar keine Ahnung von solchen Tricks und weiß schon gar nicht, wie die heißen und so.

Ich habe aber mal im Fernsehen und auf dem Schulhof ein paar Worte aufgeschnappt, die damit zu tun haben. Grabs, Flips, Grinds und Flatlands und so. Damit versuchte ich mir zu helfen.

Eine Weile lief das gar nicht schlecht und Zoe hatte echt Spaß, wenn ich meine Wertungen verteilte. Erst am Ende erfuhr ich, warum sie so viel grinste:

Ich brauchte nicht lange zu überlegen, was das heißen sollte.

„Treffen wir uns wieder zu dritt?" Das war ein Wink mit dem Zaunpfahl. Oder sogar …

EINE PEINLICHE BEGEGNUNG

Gestern in der Schule bin ich fast im Erdboden versunken. Als ich mit Andi und Laura zum Schwimmbadkiosk ging, kamen uns Daniel und die anderen entgegen. Was für eine Blamage!

O Mann! Was für eine Ungerechtigkeit. Schließlich waren meine Schrammen echt! Ich fühlte mich ziemlich winzig. Am liebsten wäre ich erst mal für eine Weile nach Kalifornien oder sonst wohin verreist, um skaten zu lernen!

Heute, als Andi und Laura in der großen Pause wieder zum Schwimmbadkiosk gehen wollten, überlegte ich mir eine Ausrede, um nicht mitgehen zu müssen. Ich hatte absolut keine Lust, Daniel und den anderen noch mal zu begegnen.

Irgendwann wird es natürlich unglaubwürdig, dass ich immer so viel lernen will. Das ist sonst nämlich nicht so meine Art. Aber ich bleibe erst mal dabei. Kein Schwimmbadkiosk = keine Begegnung mit Daniel. Allerdings muss ich die große Pause dann mit anderen Zeitgenossen verbringen.

Am Abend war ich wieder bei Andi und wir hörten Musik und redeten über wichtige Angelegenheiten. Neue Kinofilme und Videospiele und so halt.

Weil die Zeit dabei so rasend schnell verging, hatte Andi die Idee, dass ich bei ihm übernachten könnte.

Wenn einer von uns beim anderen übernachten will, überlegen Andi und ich immer, wer zuerst seine Eltern fragt.

Wir haben nämlich rausgefunden, dass meine Eltern immer wissen wollen, was Andis Eltern dazu sagen. Und bei Andis Eltern ist es genau andersherum.

Darum schlug Andi vor, einfach zu seinem Vater zu gehen und zu behaupten, meine Eltern hätten schon Ja gesagt. So machten wir es also.

Andis Vater ist aber immer etwas misstrauisch bei solchen Sachen, darum gaben wir alles, was wir an Glaubwürdigkeit zu bieten hatten.

Andis Vater sah uns eine Weile nachdenklich an und griff dann zum Telefonhörer.

Das war echt blöde. Weil wir zu einer Notlüge gegriffen hatten, durfte ich natürlich NICHT bei Andi übernachten.

„Strafe muss sein!", sagte meine Mutter. Und dann erklärte sie mir noch einmal ganz genau, was eine NOTlüge ist. UND sie sagte ungefähr hundertmal, dass sie sich geändert hat und jetzt sogar zu Onkel Enno immer ehrlich ist!

IN DER SPERRZONE

Manchmal gibt es Tage, da hat man zu gar nichts Lust, oder?

Heute war so ein Tag. Zumindest fing er so an. Ich saß in meinem Zimmer und überlegte, ob ich vielleicht zu Andi gehen sollte, aber auch dazu hatte ich irgendwie keine Lust.

Und weil es draußen sowieso regnete, saß ich den ganzen Nachmittag vor dem Fernseher. Zumindest bis meine Mutter mir genau das sagte.

Wenn meine Mutter das sagt, meint sie natürlich: „Hör auf, den ganzen Tag vor dem Fernseher zu sitzen!" Also fragte ich sie, was ich stattdessen tun sollte. Das hätte ich besser nicht machen sollen. Sie meinte, dass ich zum Beispiel meine Hausaufgaben machen könnte. Aber weil wir gar keine Hausaufgaben aufhatten, sagte sie, ich sollte die Matheaufgaben von gestern einfach noch mal machen.

a) $3 - 5\frac{1}{2}$ b) $-2\frac{1}{2} - 1\frac{3}{4}$

c) $3{,}72 - 6{,}21$ d) $a - (4a - 5b) - 2b$

Aber ich finde, es ergibt überhaupt keinen Sinn, Matheaufgaben zweimal zu machen! Beim zweiten Mal kennt man doch schon das Ergebnis!

Doch das sagte ich natürlich nicht, sondern ich ging in mein Zimmer und tat so, als ob ich die Matheaufgaben noch mal machen würde.

Mir wurde dabei bald wieder langweilig, und weil Neele nicht da war, ging ich in ihr Zimmer und vertrieb mir dort die Zeit.

Ich sah auf ihrem Laptop nach, was für neue Musik sie hatte. Dabei vergaß ich die Zeit. Es gibt ja so viele interessante Sachen in Neeles Zimmer.

Blöderweise kam sie ganz überraschend nach Hause. Ich schaffte es nicht, den Originalzustand ihres Zimmers auch nur annähernd wiederherzustellen. Ganz zu schweigen von MEINEM Originalzustand!

Neele war ganz schön sauer. Sie sagte, ich wäre nicht mehr ihr Bruder, und wenn meine Eltern nichts unternehmen würden, würde sie auf der Stelle ausziehen, weil sie hier überhaupt keine Privatsphäre hätte.

Aber weil Lea dabei war und die ganze Zeit lachte, beruhigte Neele sich bald wieder.

Ich schwor mir inständig, mich nie wieder zu verkleiden. Man sieht es ja: Immer wenn ich es tue, taucht plötzlich Lea auf und erwischt mich!

DIE NACHT DER NÄCHTE – MEIN ZWEITER VERSUCH

Alarm! Am Samstag hat Lea noch mal bei uns übernachtet. Meine Eltern waren am Abend nicht zu Hause. Sie waren zu einer Hochzeit eingeladen.

Das letzte Mal, dass meine Eltern auf einer Hochzeit waren, ist schon zwei Jahre her. Ich glaube, es war auch das letzte Mal, dass sie meinen Opa gebeten haben Wache zu schieben.

Obwohl, wenn Opa da war, war das eigentlich auch nie ein Problem für uns. Opa saß nämlich meistens nur in der Küche und löste Kreuzworträtsel. Er bekam fast nie mit, wenn ich in meinem Zimmer noch wach war. Meine Eltern kriegen das immer sofort mit. Die haben dafür Antennen oder so.

Bei meinem Opa war es immer so, als wäre gar kein Aufpasser da. Vielleicht lag es daran, dass er ein wenig schwerhörig ist.

Zum Glück hielten meine Eltern einen Aufpasser nicht mehr für notwendig, sobald Neele 13 wurde. Und bald wird sie schon 16! Darum soll sie jetzt ein Auge auf MICH behalten, was eigentlich gar nicht nötig ist, weil ich selbst ja schon fast 13 und somit sehr vernünftig bin. Das versuche ich meinen Eltern auch immer wieder klarzumachen.

Bevor meine Eltern gingen, sagten sie aber trotzdem wieder das, was sie schon vor Jahren gesagt haben, wenn sie gingen. Und Neele antwortete darauf, was sie schon vor Jahren darauf geantwortet hat.

Meine Mutter ist dann immer sauer wegen Neeles frecher Antwort, während mein Vater sich freut, dass wir noch wissen, was eine Platte ist.

Als meine Eltern endlich weg waren, fing Neele an sich aufzustylen. Also zog ich mir auch erst mal coolere Sachen an.

Ich ging bei uns im Flur auf und ab, während ich auf Lea wartete. Oben konnte man sich sowieso nicht aufhalten, weil die Luft voller Haarspray war. Einatmen unmöglich!

Als es klingelte, sprang ich gleich auf, um Lea zu öffnen. Aber an der Tür erwartete mich eine böse Überraschung.

Das war zu viel! Letzte Woche schon die peinliche Sache mit Daniel an der Rampe und jetzt diese Katastrophe: Lea wollte den Abend mit zwei Idioten verbringen statt mit mir! Ich war fix und fertig!

Lea und diese beiden Idioten verschwanden in Neeles Zimmer und ich konnte nicht einmal lauschen, weil sie so laut Musik hörten.

Es nutzte nichts. Ich musste unbedingt eine Gegenparty starten. Dann würde Lea merken, dass es in meinem Zimmer viel lustiger war.

An Stelle von Lea kam aber leider Neele rüber und ich dachte schon, jetzt bringt sie mich um! Aber stattdessen lud sie mich ein in ihr Zimmer zu kommen. Das war zwar nicht ganz so gut wie Lea in meinem Zimmer, aber doch besser als nichts.

EINE ECHTE NIEDERLAGE

Als meine Eltern nach Hause kamen, waren die beiden Jungs verschwunden und alles war schön sauber aufgeräumt. Anscheinend hatte Neele auch dafür ein Radar. Bei mir funktionieren solche Warnantennen irgendwie nie:

Wer weiß, vielleicht ortet Neele ja das Handy meiner Mutter. Keine Ahnung!!

Es gab jedenfalls trotzdem Ärger, weil es im ganzen Haus nach Zigaretten stank.

Bäämmm! 10 Punkte für Neele, würde ich sagen. Lea hatte sich währenddessen in Neeles Zimmer zurückgezogen. Solche Streitigkeiten mit den Eltern sind ja auch echt peinlich. Also nutzte ich schnell die Gelegenheit, etwas mehr über Leas Zukunftspläne zu erfahren.

Tja. Wahrscheinlich war es das mit Lea. Ich zog mich erst mal auf mein Zimmer zurück, um diesen Schlag zu verkraften.

Nachdem Neele ihr Zimmer gelüftet und alle sich wieder beruhigt hatten, kam Lea in mein Zimmer, um mal ganz unter Erwachsenen mit mir zu reden.

Ich lag die halbe Nacht wach und rechnete. Aber Lea hatte Recht. Egal wie alt ich war, sie würde immer zwei Jahre älter bleiben! Mist.

TOTAL DEPRIMIEREND, SO WAS

Es ist Sonntagabend. Die beiden Typen waren heute wieder da, um Lea abzuholen.

Mein Vater hatte so seine Probleme damit, zumindest mit Linus, dem Typen von Lea.

Als Lea weg war, fühlte ich mich irgendwie komisch. Ich war traurig. Die Zukunft wird wahrscheinlich ganz anders sein, als ich es mir gedacht habe.

Außerdem ist Sonntag und sonntags bin ich sowieso immer ein bisschen trübselig, weil ich ja Montag wieder zur Schule muss.

Den Rest des Tages habe ich damit verbracht, mich wie ein echter Mann dem Vergessen hinzugeben.

ÜBERRASCHUNGEN

Es ist Montag. Manche Schultage beginnen ja gleich mit mehreren Überraschungen. Die erste war heute, dass Laura nicht mehr humpelt.

Ihr Arzt hat wohl endlich festgestellt, dass wieder alles in Ordnung ist, und darum durfte sie die orthopädische Beinstütze abnehmen und hat uns zur Feier des Tages auf ein Eis am Schwimmbadkiosk eingeladen.

Da dachte ich, es wäre der richtige Zeitpunkt, mich wieder unter Leute zu trauen. Schließlich konnte ich mich nicht den Rest meiner Schulzeit vor Daniel und seinen Freunden verstecken. Vor allem weil die Alternative ja nicht gerade berauschend war:

Wir gingen also zum Schwimmbadkiosk und Laura spendierte uns ein Eis. Andi hatte seinen Scooter dabei. Ich drehte ein paar Runden damit. Mir war langweilig.

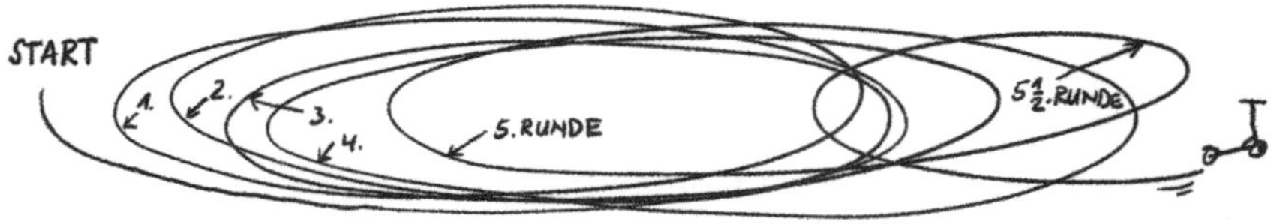

Plötzlich sah ich Daniel und ein paar andere kommen. Sie waren mit ihren Skateboards unterwegs. Linus war auch dabei. Er machte ziemlich coole Tricks auf seinem Board. Ich glaube, auch Daniel war davon beeindruckt.

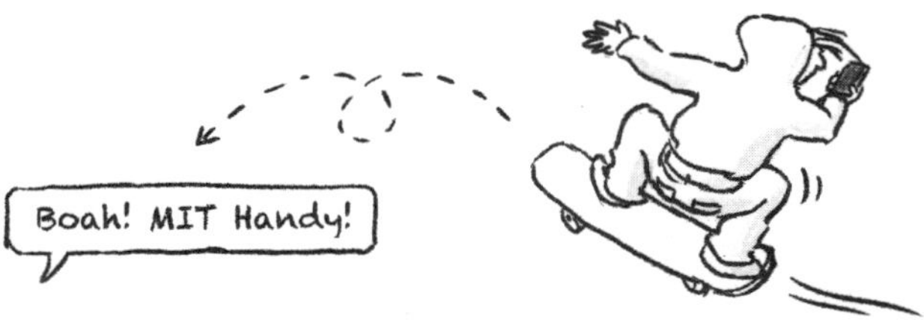

Als sie an uns vorbeikamen, hockte ich mich hin und tat so, als würde ich eine Schraube an Andis Scooter überprüfen. Aber es half nichts, sie hatten mich längst entdeckt.

Das war genau die Situation, die ich gerne vermieden hätte. Vielleicht wäre es doch besser gewesen, mit Justin und Heini im Schulflur zu sitzen!

Aber dann kam die nächste Überraschung an diesem Schultag. Linus konnte sprechen!

Und dann wurde es noch besser. Linus kam zu uns herüber und begrüßte mich persönlich:

Ihr hättet mal Daniels Gesicht sehen sollen. Ich glaube, er war ziemlich verwirrt, weil ich mit Linus auf einer Party gewesen bin. Er konnte ja nicht wissen, dass es nur die Party meiner Schwester BEI MIR ZU HAUSE war.

Ich nahm mir jedenfalls vor, in Zukunft NOCH NETTER zu Neele zu sein, als ich es sowieso schon mein ganzes Leben lang gewesen bin. Man kann ja nie wissen, wen sie noch alles zu uns nach Hause schleppt.

Die dritte Überraschung des Tages war, dass meine Mutter für Neele und mich einen eigenen Staubsauger gekauft hat. Und zwar so einen Handstaubsauger ohne Kabel.

Neele fragte, warum sie nicht gleich einen Staubsauger-Roboter gekauft hatte, und ich stimmte zu. Neele war ziemlich überrascht, dass ich sie unterstützte. Sonst ist das ja eher die Ausnahme. Deswegen witterte sie wahrscheinlich auch die Gefahr:

Okay. Vielleicht nicht bei jeder Party. Aber vielleicht doch bei jeder zweiten!? Das wäre schon ein großer Fortschritt.

WAS IST BLOSS MIT LAURA LOS?

Am Nachmittag war Laura hier. Sie stand einfach so vor der Tür und fragte, ob ich Zeit hätte. Das hat sie noch nie gemacht, darum war ich ziemlich überrascht.

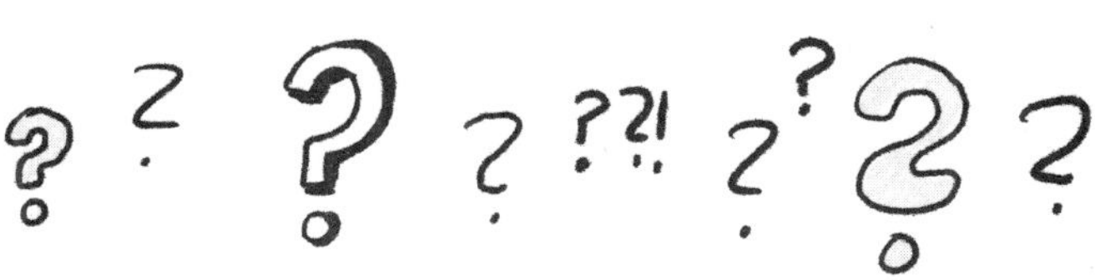

Sie schlug vor ein bisschen rumzulaufen, weil Bewegung für sie jetzt ganz wichtig ist, so ohne Beinstütze. Und Übungen sollte sie machen, in die sie mich dann auch gleich mit einbezog:

Wir liefen zur Eisdiele und Laura spendierte mir zum zweiten Mal an diesem Tag ein Eis. Da dachte ich, ich müsste mich dringend erkenntlich zeigen.

Nach dem Eisessen kam Laura noch mit zu mir nach Hause. Auch das hat sie noch nie gemacht. Immer nur, wenn Andi auch dabei war. Obwohl ich Laura schon so lange kenne, war es etwas komisch, als wir alleine zusammen in meinem Zimmer saßen.

Ich wusste irgendwie gar nicht, was ich sagen sollte. Zum Glück stellte Laura die ganze Zeit Fragen.

Ehrlich gesagt habe ich noch nie darüber nachgedacht, ob ich mal auf ein Konzert gehen werde, aber es ist eigentlich keine schlechte Idee. Allerdings haben meine Eltern da ja leider noch ein Wort mitzureden. Aber das sagte ich natürlich nicht.

Oha, irgendwas war mit Laura los. Ich holte uns erst mal ein großes Glas Cola, um in Ruhe darüber nachzudenken, ob ich mit ihr auf ein Konzert gehen will. Als ich wiederkam, fragte ich sie, ob sie sich schon auf die Herbstferien freut, und da war zum Glück wieder alles normal.

Wir setzten uns ins Wohnzimmer und schauten uns einen Film an, in dem ziemlich viele Verfolgungsjagden vorkamen. Ich bin mir aber nicht ganz sicher, ob es das Richtige für Laura war.

WIEDER IN DEN WALD? ABER IMMER!

Heute rief Andi an und ich freute mich darüber, weil ich echt Lust hatte, mich mit ihm zu treffen.

Aber dann fragte er, ob ich mit ihm und Benni in den Wald gehen wollte, um Piraten zu spielen. Andi sagte, der Junge hätte ja sonst niemanden, der mit ihm spielt. Das kam mir irgendwie alles sehr bekannt vor!

O Mann! Das war nun echt eine Zwickmühle. Man soll ja schließlich auch mal für seine Mitmenschen da sein und so. Nicht egoistisch sein und auch an die Schwächsten in der Gesellschaft denken. Und man soll nicht lügen. Doch genau das ging mir in dem Moment durch den Kopf.

Aber eigentlich hatte ich ja Lust, mich mit Andi zu treffen, darum sagte ich, dass ich im Laufe des Tages vorbeischauen würde. Aber nur unter der Bedingung, dass wir bei Andi im Garten blieben.

Andi war einverstanden. Wie er Benni erklären wollte, dass wir nicht in den Wald gehen würden, war mir egal!

Ich ließ mir noch viel Zeit und machte zuerst mal meine Hausaufgaben, damit ich es … na, ratet mal … genau, damit ich es HINTER MIR HATTE!

Andi macht seine Hausaufgaben manchmal schon in den kleinen Pausen, damit er es hinter sich hat. Aber das ist nichts für mich. Ich finde, die Pausen sollte man nutzen, um sich zu erholen.

Als ich meine Hausaufgaben endlich fertig hatte, bin ich jedenfalls zu Andi rübergegangen. Und da war Benni schon wieder gegangen.

TOLL, WOFÜR HAUSAUFGABEN MANCHMAL GUT SIND.

Ich fragte Andi, ob wir nicht ein bisschen mit seinem Scooter üben sollten, aber Andi hatte eine bessere Idee:

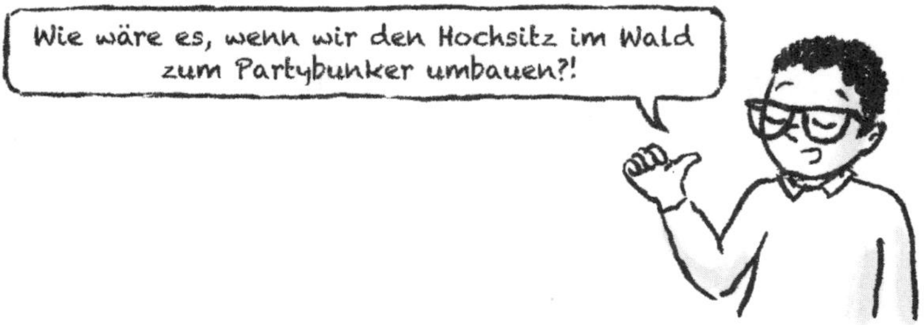

Das klang echt vernünftig. Denn wer weiß schon, ob demnächst nicht mal wieder eine coole Feier ansteht, bei der Lea dabei sein will. Oder Laura. Oder Linus. Und meinetwegen auch Neele.

Und wer weiß? Jetzt, wo wir den Steinmetz schon kennen, könnten wir ihn einfach mal fragen, ob er uns nicht ein paar nützliche Werkzeuge aus seinem Schuppen leiht.

Torsten Wohlleben

Torsten Wohlleben wurde 1974 in Brake an der Weser geboren. Sein erstes Buch war ein Drehbuch, verfilmt mit einem Budget von 10 DM, einer Super-8-Kamera und einem Dutzend Schulkameraden. Heute wohnt er in der Nähe von Bremen und schreibt richtige Bücher, zuletzt den im Carlsen Verlag erschienenen Jugendroman „Kann ich bitte löschen, was ich gerade gesagt habe?".

Jutta Wetzel

Jutta Wetzel wurde 1970 in Pforzheim geboren. Nach einem Studium der Illustration in Hamburg und einem halbjährigen Arbeitsaufenthalt als Grafikerin in einem Museum für Kinder in den USA war sie in verschiedenen Agenturen tätig. Heute ist sie freiberufliche Illustratorin und lebt mit ihrer Familie in Siegburg bei Köln.

MIX
Papier aus verantwortungsvollen Quellen
FSC® C014496
FSC www.fsc.org

CARLSEN-Newsletter
Tolle neue Lesetipps kostenlos per E-Mail!
www.carlsen.de

Umschlag und Comic-Illustrationen: Jutta Wetzel
Umschlaggestaltung: formlabor
Lektorat: Julia Reuter
Satz: Jutta Wetzel
Herstellung: Björn Liebchen
Druck: GGP Media GmbH, Pößneck
ISBN 978-3-551-55663-9
Printed in Germany

Ein »schafes« Roadmovie!

Christine Russell / Christopher Russell
Die Schafgäääng, Band 1:
Im Auftrag des Widders
208 Seiten
Taschenbuch
ISBN 978-3-551-31321-8

Auf der Schafweide der Eppingham-Farm ist die Aufregung groß. Ein geheimnisvoller »Mähteorit« kommt aus dem Himmel geflogen und landet ausgerechnet auf Schaf Sallys Kopf! Der Herde ist grasklar: Das ist ein Zeichen des großen Widders und der Schafsgott braucht ihre Hilfe! Wild entschlossen machen sie sich auf den Weg, um die Schafheit zu retten. Es beginnt eine wilde Jagd per Hubschrauber, Eisenbahn, LKW und Traktor, denn zwei Gauner sind ihnen dicht auf den Fersen!

CARLSEN

www.carlsen.de